KB150460

미션을 따라가는 캘리포니아 이야기

캘리포니아 역사의 시발점이 된 미션.

21개의 미션을 따라가며 파노라마처럼 펼쳐지는
원주민 인디언들과 새로운 땅에서
영원의 절대자를 갈구하였던 프란체스칸 수도사들의
과거와 오늘을 넘나드는 끝나지 않은 이야기....

미션을 따라가는 캘리포니아 이야기

글 박진선 · 정영술

사진 박형주

··· 그런데 참 신기한 것이 지금 이곳에 찾아와 둘러보며 느끼는 내 감정도 참 외로운 곳이 구나 라는 같은 마음이니 말이다. 물론 지금은 나무 하나 없는 평지는 아니다. 당시에는 황 량하고 외로운 들판이었을 주변 평지가 이제 광활한 경작지가 되어 있고 일부러 심어놓은 나무와 꽃도 있다. 그러나 미션 주변은 온통 평야로 가까이에 인가가 없으며 유난히 건조 하고 바람이 거셌었다. 미션 건립 당시에도 이 지역은 척박하고 이렇게 바람이 많이 불었 다고 하니 이 바람이 한순간만의 바람이 아니라 유구한 세월 한결같이 이곳에서 먼저 살고 있었던 바람일 것이다. ···

평민사

California Map

캘리포니아 미션 지도

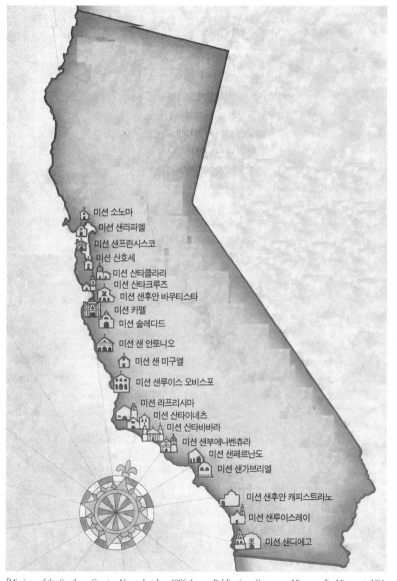

미션 소노마
미션 샌라파엘
미션 샌프란시스코
미션 산호세
미션 산타클라라
미션 산타크루즈
미션 샌후안 바우티스타
미션 카멜
미션 솔레다드
미션 샌 안토니오
미션 샌 미구엘
미션 샌루이스 오비스포
미션 라프리시마
미션 산타이네츠
미션 산타바바라
미션 샌부에나벤츄라
미션 샌페르난도
미션 샌가브리엘
미션 샌후안 캐피스트라노
미션 샌루이스레이
미션 샌디에고

『Missions of the Southern Coast』, Nancy Lemke , 1996, Lerner Publications Company, Minneapolis, Minnesota USA

차례

머리글

지난 5년 동안 '왕의 길'이라 불리는 'US 101번 도로'를 수 없이 지나다니며 남쪽의 샌디에고부터 북쪽의 샌프란시스코까지 시간 날 때마다 찾아다녔다. 캘리포니아의 자연과 도시들은 계절과 기후에 따라 그리고 밤과 낮에 따라 매번 다른 감흥으로 맞아주었다. 스무 번이 넘게 '왕의 길'을 다니면서 자연스럽게 캘리포니아 미션을 만나게 되었으며 미션이야 말로 오늘날의 캘리포니아를 형성하는 가장 소박한 시작임을 알게 되었다. 스페인에서 건너온 프란체스칸 수도사들에 의하여 세워진 미션에는 새로운 땅에 도착해서 새 삶을 일구어 온 사람들의 종교적 열정과 꿈과 고뇌, 그리고 정착 원주민들과의 갈등와 공존의 역사 등이 어우러져 있다는 것을 알게 되었다.

우리는 캘리포니아에 흩어져 있는 21개의 미션을 본격적으로 찾아 나섰고 캘리포니아 미션연구회 등의 활동을 통해 미션의 역사적, 종교적, 사회적, 그리고 예술적 가치 등을 탐구하기 시작하였다. 그 과정에서 미션을 통해 초기 캘리포니아에 정착한 스페인 프란체스칸 수도사들의 발자취와 그 당시의 캘리포니아를 만날 수 있었다. 수도사들은 캘리포니아 가장 남쪽의 샌디에고부터 샌프란시스코 북쪽의 소노마까지 900km 거리를 대략 21등분하여 21개의 미션을 세웠으며, 이 미션들이 있던 지역을 바탕으로 오늘날 캘리포니아의 여러 도시들이 발전을 거듭해 왔다. 따라서 미션의 발자취를 따라 가는 것이 캘리포니아의 초기 역사를 더듬어 보는 노력이 되는 것이며, 또한 이 지역을 바탕으로 발전을 거듭해 온 로스앤젤레스, 샌프란시스코 등 캘리포니아 주요 도시들의 어제와 오늘을 알아보는 것이 된다.

미션을 찾아가는 여행은 우리들에게 삶과 인간의 역사와 종교에 대해 깊은 명상의 시간을 가질 수 있었던 좋은 기회였다. 지금도 화려한 자태를 뽐내면서 당당히 서 있던 미션의 여왕인 미션 산타바바라에서 우리는 세월의 무게를 뛰어 넘어 인간이 만들어 놓은 역사적 흔적의 강건함을 느낄 수 있었는가 하면, 터만 앙상하게 남은 미션 샌미구엘에서는 인생과 역사의 허무함을 느낄 수 있었다.

그러나 21개의 모든 미션에서 공통적으로 느낄 수 있었던 것은 인간의 유한함을 아쉬워하며 영원의 절대자를 지향했던 수도사들의 종교적 열정과 또한 신대륙의 땅을 개척하고 뿌리내리려 했던 인간의 의지와 노력이었다. 이러한 열정과 노력이 지금의 샌디에고, 로스앤젤레스, 샌프란시스코 등으로 대변되는 화려한 캘리포니아의 도시 문명을 만들어 내는 초석이 되었다고 생각한다.

이 여행을 통해서 캘리포니아 땅과 인간과 역사에 대한 이해가 더욱 깊어졌으며 캘리포니아의 자연과 도시에 대한 애정이 커질 수 있는 계기가 되었다. 편안한 마음으로 부담없는 친구와 더불어 재미있는 자동차 여행을 떠나는 것처럼 책을 쓰려했다. 우리의 여행 이야기가 독자 여러분에게 캘리포니아 자연과 도시에 대한 소개와 역사에 대한 안내서가 될 수 있다면 무척이나 기쁠 것 같다. 마지막으로 어려운 출판환경에도 불구하고 책의 출판을 결정해 주신 평민사 이정옥 사장님과 편집에 애써주신 편집부 식구들에게도 깊은 감사와 존경을 표합니다.

2006년 햇살 따스한 캘리포니아에서
박진선 · 정영술 · 박형주

캘리포니아는 미국에서 세 번째로 큰
주이다. 현재 미국 내에서 신생아가
가장 많이 태어나고 있는 곳이며,
전 세계에서 모여든 이민자들의 수가 많아서
인종의 샐러드 접시라는 미국 내에서도
인종적으로 가장 다채로운 주이다.

제 1 부
캘리포니아

캘리포니아
는 미국 내 50
개 주 중 면적
기준으로 세
번째로 크며
가장 다양하
고 다이나믹
한 모습을 연
출한다.
데스밸리 국
립공원 내 배
드워터(Bad
Water)와 주
변의 모습.

캘리포니아는 미국에서 세 번째로 큰 주이다. 현재 미국 내에서 신생아가 가장 많이 태어나고 있는 곳이며, 미국 사람 아홉 명 중 한 명이 살고 있는 곳이다. 전 세계에서 모여든 이민자들의 수가 많아서 '인종의 샐러드 접시' 라는 미국 내에서도 인종적으로 가장 다채로운 주이다. 한때 황금이 발견되기도 하여 '골든스테이트' 라는 별명을 갖고 있으며, 영화 '터미네이터' 의 주연을 맡았던 근육질의 영화배우 아놀드 슈워제네거가 주지사를 맡고 있는 곳이다. 그리고 우리에게 친숙한 도시 로스앤젤레스, 샌프란시스코, 샌디에고가 속해 있는 주도 바로 캘리포니아다. 해마다 많은 한국인들이 일을 하기 위해, 공부를 하기 위해, 또는 관광을 위해 캘리포니아에 찾아온다. 우리나라 사람들이 가장 많이 방문하는 곳이며 또 가 보고 싶어하는 곳인 캘리포니아에 대해 속시원하게 궁금증을 풀어 줄 이야기를 시작해 보고자 한다. 자, 그렇다면 캘리포니아는 대체 어떤 곳일까?

일례로 캘리포니아에 살고 있는 스탠리 그랜트 씨의 주말 하루를 들여다 보자. 스탠리 씨의 하루는 캘리포니아를 이해하는 데 좋은 예가 될 것이다.

스탠리 씨는 커피 한 잔을 들고 창으로 다가가 블라인드를 걷어 올린다. 여느 날과 마찬가지로 화사한 햇살이 먼저 인사를 건네는 아침이다. 오늘은 아이들과 함께 눈썰매를 타러 가기로 한 날이다. 스탠리 씨는 아이들이 잠에서 깨어나기 전에 간단한 운동복 차림으로 집을 나선다. 주말이면 그가 조깅을 하기 위해 찾는 곳이 있다. 집에서 가까운 해변이다. 조깅을 하는 사람들, 개를 데리고 산책을 나온 사람들, 서핑을 하려고 준비하는 젊은이들로 해변은 이른 아

남캘리포니아 겨울의 해안가 풍경. 아름다운 해안선과 바다 그리고 연중 따스한 햇살은 사람들을 바닷가로 불러들인다.

침부터 활기가 넘친다. 따스한 아침 햇살이 등을 쓰다듬는 기분 좋은 조깅을 마치고 집으로 돌아오니, 아이들이 일어나 아침을 먹고 있다. 아내와 아이들을 태우고 집에서 그리 멀지 않은 산으로 향한다. 어제 일기예보를 통해 산에 눈이 내렸다는 소식을 들은 사람들이 많았나 보다. 산기슭 도로변에 주차를 하고 짐을 내리는 주위 사람들과 인사를 건넸다. 차에서 내린 아이들은 벌써 썰매를 끌고 비탈진 곳을 찾아 올라간다. 썰매도 타고 눈사람도 만들고… 지칠 줄 모르던 아이들도 돌아오는 차 안에서는 곯아 떨어졌다. 스탠리 씨는 집으로 돌아오는 길을 일부러 사막을 지나는 길로 택했다. 누런 잡풀이 우거져 있던 사막의 산에 초봄의 야생화가 제법 그럴듯한 컬러를 만들어내며 흐드러지게 피어있는 것을 감상하면서 드라이브하는 것은 스탠리 씨가 좋아하는 일이다.

"시원한 바다가 보이는 해변에서 모래성을 쌓다가, 눈 덮인 산 위에서 눈사람을 만들고, 야생화가 흐드러지게 피어있는 사막을 바라보며 드라이브하는 것까지, 당신이 원한다면 하루 아침나절에도 이 모든 것을 다 즐길 수 있는 곳이 바로 캘리포니아랍니다."

"캘리포니아를 쉽게 머릿속에 떠올려보고 싶다면 한 장의 그림을 그릴 준비를 하세요. 우선, 그림의 뒷배경으로 정상에 하얀 눈이 덮혀 있는 산을 웅장하게 그리는 거예요. 그리고 파스텔톤의 사막을 산 아래에 그려넣고, 사막이 끝나갈 무렵 촘촘히 빼곡하게 들어선 도시를 잊지 마세요. 도시와 도시를 이어주는 격자무늬 고속도로를 사방으로 뻗어나가도록 그리는 게 핵심이에요. 그림의 가운데 부분은 광활하게 펼쳐진 평원과 농경지를 위한 공간이에요. 아, 참 왼편으로는 태평양과 맞닿은 따사로운 햇살이 쏟아지는 해변이 펼쳐져 있어요. 이런 풍경이면 캘리포니아를 한눈에 보여주는 그림이 될 거예요."

캘리포니아에서 25년째 살고 있는 스탠리 씨는 캘리포니아에 대해 얘기해 달라는 말에 설명을 하느라 열을 올린다. 그러면서 캘리포니아에서 사는 자신의 삶이 대단히 만족스럽다는 말로 끝을 맺었다.

캘리포니아 땅 훑어보기

산과 사막, 도시와 평원, 그리고 바다에 이르기까지 생각할 수 있는 자연의 모든 모습이 캘리포니아라는 땅덩어리 안에서 조화를 이루고 있다. 산이 보여주는 관대한 포용, 사막에서 느껴지는 한없는 고독, 탁 트인 평원에서의 평화로움과 도시에서 뿜어져 나오는 생생한 활기, 그리고 바다에서 숨쉬는 낭만과 자유를 마음껏 누릴

캘리포니아에서만 자생하는 선인장과 나무의 중간 형태인
죠수아트리와 수천만 년 전 바다가 올라와서 생성된
땅의 모습을 보여 주는
죠수아트리 국립공원의 전경.

수 있는 곳이 바로 캘리포니아이다.

지도에서 보면 캘리포니아는 미국의 가장 서쪽에 위치하며 태평양과 접해 있다. 길고 가늘게 구부러진 형상이 어찌보면 부메랑 같기도 하다. 캘리포니아는 미국 내에서 면적 기준으로 볼 때, 알래스카주, 텍사스주 다음으로 세 번째로 큰 주이다. 알기 쉽게 우리나라 면적의 약 네 배에 해당하는 크기다. 만일, 캘리포니아주를 뚝 떼어내서 단일 국가로 가정하고 전 세계 국가들과 경제력을 비교해보면 세계 5위에 해당한다고 하니, 웬만한 국가와는 상대가 되지 않을 정도의 막강한 경제력을 가졌다고 할 수 있다. 그렇다면 캘리포니아가 이처럼 부유한 이유는 무엇일까? 그것은 풍부한 천연자원, 좋은 기후와 비옥한 토양과 더불어 우수한 노동력까지 두루 갖추고 있기 때문이다.

미국인들의 꿈, 환상의 '태평양 해안고속도로'

캘리포니아의 서쪽 끝은 태평양과 맞닿아 있다. 태평양의 파도가 깎고 다듬은 절경의 해안선이 남에서 북으로 길게 뻗어 있는데 그 길이가 무려 1450km에 이른다. 이렇다 보니 캘리포니아의 해안은 매우 다이나믹하다. 예를 들어, 샌프란시스코 일대의 북캘리포니아 해안은 동적인 야성미를 풍기는 곳이 많은 반면에, 로스앤젤레스와 샌디에고를 중심으로 한 남캘리포니아 해안은 태양에 잠겨 나른한 듯 포근하며 부드러운 경치로 사람들을 유혹한다.

남캘리포니아 해안도시 샌디에고의 마을 풍경.

　미국인들은 여행을 좋아한다. 여행을 가기 위해 저축하고 휴가 때 갈 곳을 몇 달전부터 예약해 놓는다. 특히 국토를 종단하거나 횡단하는 여행을 즐기는데 모험심과 개척정신이 강한 미국인들의 특성상 광대한 자연을 돌아보며 느끼는 여행은 그만큼 가치있는 일이라고 여기기 때문이다. 어려서는 부모와 함께 대륙횡단 여행을 하고 나이들어서 은퇴한 뒤에는 노부부가 함께 여행을 즐긴다. 여행에 목숨 거는 미국인들의 희망 사항 중 하나가 캘리포니아 서부해안을 따라 나 있는 1번 태평양 해안고속도로를 처음부터 끝까지 드라이브 해보는 것이라고 한다.

　캘리포니아 남북해안을 관통하여 북쪽 워싱턴주의 시애틀까지 이어지는 태평양 해안고속도로는 그 길이만 3000km에 이른다.

샌프란시스코 남쪽의 빅서(Big Sur) 해안의 장관.
이 구간은 태평양 고속도로 전체 구간 중 가장 아름다운 명소 가운데 하나로 꼽힌다.

태평양 해안고속도로를 타고 달리는 것은 굉장히 스릴있으며 꼭 해볼 만한 일이다. 샌디에고가 있는 남쪽에서 출발한다면 지중해풍의 멋진 해안도시들을 구경할 수 있다. 태평양 해안고속도로는 때로 작은 해안도시의 한가운데를 지나기도 하기 때문이다. 조용하고 평화로워 보이는 바다 근처를 느긋하게 달리다 보면 북쪽으로 갈수록 깎아지른 듯 높은 절벽 위에 중앙분리대도 없는 왕복 2차선의 좁은 도로가 나온다. 때로는 보호막도 없는 가파른 낭떠러지 위의 굴곡진 도로를 달리면서 산을 넘는데 옆을 바라보면 어디까지가 하늘이고 어디까지가 바다인지 모르게 한데 엉겨있다. 수려한 경치는 저절로 자연에 대한 경외감으로 연결된다. 여기서 자칫 한눈을 판다면 절벽 아래로 떨어지는 것은 순식간의 일일 것이다. 상상만해도 운전대를 잡은 손에 힘이 들어간다. 산기슭을 타고 빙빙 돌아 올라가는 길이 많은데 몇 시간을 달려도 중간에 쉴 만한 곳이나 주유할 곳이 없는 곳도 있다. 그야말로 스스로 원해서 자연에 갇힌 꼴인데 주유등에 불이 들어오기 전에 가까스로 작은 산장을 만난다면 바로 그 기분이 사막에서 오아시스를 만난 기분이 아니겠는가. 북쪽에서 남쪽으로, 남쪽에서 북쪽으로 오고 가던 사람들이 차를 세우고 산장에서 커피를 들며 나누는 인사는 반갑다. 이제는 사람과 도시에 더 익숙해져 버린 인간들이 잠시나마 인적없는 대자연에서 느끼던 묘한 두려움을 떨쳐버리는 안심의 순간을 함께 맞이했다는 것만으로도 모르는 사람일지라도, 또 언제 다시 만날지 알 수 없는 사람일지라도 만남 그 자체가 서로 반갑고 귀하기 때문이다.

미국인의 샐러드 접시를 채우는 곳

해안을 벗어나 내륙으로 들어오면 미 서부의 곡창지대로 불리우는 샌 호아킨 평원(San Joaquin Valley)이 펼쳐진다. 캘리포니아에서 농업에 종사하는 인구의 비율은 4% 밖에 되지 않지만 농업은 캘리포니아의 주요 산업이다. 베이커스필드(Bakersfield)에서 캘리포니아의 주도인 새크라멘토(Sacramento) 까지 이어지는 평원에는 갖가지 채소, 과일, 곡물을 비롯하여 화훼, 관상용 식물이 재배되고 있다. 미국 내에서 생산되는 과일, 채소, 견과류의 절반 이상이 캘리포니아에서 생산된다. 캘리포니아주는 플로리다주 다음으로 오렌지를 많이 생산하며 신선한 과일과 건포도, 오렌지쥬스등의 광대한 원산지이다. 샌호아킨 밸리의 평원은 광활하여 차로 몇 시간씩 달려도 끝이 보이지 않고 지평선만 보일 뿐이다. 땅은 검붉은색을 띠고 있는데 그것은 땅속에 유기물이 풍부하여 기름지고 비옥하다는 증

거다. 보기만 해도 부러운 땅이다. 샌호아킨 밸리 북부의 중심 도시인 살리나스 지역은 미국 내에서 생산되는 전체 양배추의 80%를 거둬들인다고 하니, 미국인들의 샐러드 접시를 책임지는 곳이라 봐야겠다. 또 캘리포니아에서는 다른 어느 주보다도 가장 많은 포도가 생산된다. 세계 최대의 와인 산지인 나파와 소노마 밸리에서는 드넓은 포도밭을 배경으로 질 좋은 와인이 생산되고 있다. 중부 캘리포니아 평원 지대는 물만 제때 공급해 주면 거의 모든 작물이 잘 자란다고 한다. 평원을 달리다보면 거미줄처럼 촘촘히 뻗어 있는 인공수로에서 미리 맞춰 놓은 시간에 자동으로 물줄기가 뿜어져 나오는 장관을 볼 수 있다. 광활한 평원을 바탕으로 농업이 발달해 온 중부 캘리포니아, 그 위에 거대하고 기계화된 농업의 일면을 보여주지만 오늘날까지 미국 농촌의 소박한 정서를 그대로 간직하고 있다.

미국의 금강산, 요세미티 국립공원

미국 내에는 모두 54개의 국립공원이 있다. 미국의 국립공원은 우리가 상상하는 것 이상으로 크고 넓기 때문에 입구에서 표를 사서 걸어 다니며 구경할 수 있는 곳이 아니다. 국립공원으로 지정된 지역 내의 극히 일부분만을 관광객들에게 개방하는데 이 길만을 따라 차를 타고 돌아보더라도 몇 시간이 걸린다. 보통 하나의 국립공원을 제대로 둘러보고자 한다면 하루 안에 다 보기란 불가능할

(시계방향으로) 미국에서 가장 경관이 수려하고 장쾌한 3대 국립공원으로
꼽히는 요세미티 국립공원, 그랜드캐년, 엘로우스톤의 모습.

요세미티 국립공원과 세코야 국립공원 안에서만 자라는 거대한 세코야 나무 모습.

정도이다. 우리에게 잘 알려진 미국의 국립공원으로는 그랜드캐
년, 옐로우스톤, 요세미티 등을 꼽을 수 있다. 각각의 국립공원은
비교할 수 없는 고유의 독특함을 갖고 있다. 미국 전역의 국립공원
을 이용할 수 있는 자유입장권을 구입하여 국립공원만을 찾아다니
며 여행하는 것도 미국의 자연을 접하는 좋은 방법이다.

캘리포니아 동쪽 내륙으로 들어가면 캘리포니아 지형의 등줄기
라 일컬어지는 시에라 네바다 산맥이 있다. 시에라 네바다 산맥 위

쪽으로는 미국에서 최초로 국립공원으로 지정된 '미국의 금강산'이라 불리우는 요세미티 국립공원이 있다. 이만 년에 걸친 풍화작용과 빙하에 의해 생성된 장대한 경치는 인간 존재의 나약함을 되돌아 보게 만든다. 영국의 엘리자베스 2세 여왕이 요세미티 국립공원의 넓은 들판에서 늑대 한 마리가 유유히 걸어가는 모습을 보고 "세상에서 가장 아름다운 곳이다"라는 감탄을 하였다고 한다. 요세미티 국립공원의 바로 아래쪽으로는 세코야킹스캐년 국립공원이 있다. 세코야 국립공원은 세계에서 가장 높게 자라는 세코야 나무의 서식지이다. 세코야 나무는 캘리포니아의 북부해안 숲지대에서만 서식하는 레드우드 나무와 함께 캘리포니아주의 상징목이다. 캘리포니아의 세코야 나무는 1926년 당시 캘빈 쿨리지 대통령에 의해 '미국의 크리스마스 트리'로 선포되었으며 1956년에는 아이젠하워 대통령에 의해 '미국의 신성한 사당'으로 명명되기도 했다. 지구상에서 가장 오래된 생물로 무려 3500년째 살고 있는 유명한 '제네럴 셔먼(general sherman)'이란 이름이 붙은 세코야 나무가 있는 곳도 바로 이곳 세코야킹스캐년 국립공원이다.

전체 사분의 일이 사막지대, 축복받은 캘리포니아

캘리포니아 오른쪽은 우리나라 면적만큼의 사막이 자리잡고 있다. 그런데 사막은 황량하고 적막할 것이라고 생각했던 선입견이 캘리포니아의 사막을 여행하며 완전히 사라졌다. 다양한 종류의

ARTISTS PALETTE

1. 데스밸리 국립공원 내 지브라스키 포인트. 마치 공상과학영화에 나오는 지구 아닌 다른 행성에 내린 것 같은 착각마저 든다. 2. '화가의 팔레트'로 불리는 바위산 지역. 바위에 포함된 광물 성분에 따라 다양한 빛을 발한다. 3. 배드워터, 이곳은 바다보다 85.5m가 더 낮다. 눈처럼 하얗게 보이는 것은 뜨거운 태양의 열기로 말라 버린 소금이다.

선인장과 식물들, 형언하기 어려운 풍광으로 사람들의 마음을 빼앗는 곳이 캘리포니아의 사막이었다. 사막의 흙색깔은 파스텔톤의 무지개빛을 띠고 있으며 광활한 사막의 풍광에 숨죽인 듯한 고요함은 보는 이를 압도하는 힘을 지니고 있었다.

우리에게 친숙한 모하비 사막과 데스밸리 사막이 캘리포니아주 안에 있다. 정식 명칭으로는 데스밸리 국립공원과 모하비 국립보호구역이다. 웅장한 자태의 흙빛 산맥이 거침없이 뻗어있는 데스밸리는 황금빛 바위산의 굴곡진 골짜기가 있는가 하면, 일명 '화가의 팔레트'로 불리는 파스텔톤의 무지개색이 누런 흙산의 군데군데를 물들이고 있는 곳도 있다. 압도적인 자연의 풍경 속에서 넋을 잃고 있노라면 마치 시간을 망각한 공간에 동떨어져 있는 듯한 느낌을 받는다.

미국 내 가장 높은 지대와 가장 낮은 지대가 캘리포니아에 있다. 시에라 네바다 산맥을 따라서 조금 더 남쪽으로 내려가면 휘트니 산(Whittney, 4,317m)이 있는데 이곳이 북미 최고봉으로 미국 내에서 가장 높은 지대이다. 그리고 가장 낮은 지대는 바로 데스밸리 사막 안에 있는 배드워터(Badwater)라고 이름 붙여진 곳으로 해수면보다 85.5m 더 낮아 소금이 땅 위로 솟아나와 마치 한겨울의 설경을 보는 듯하다. 몇 천만 년 전 이곳이 바다였으리라. 바다의 깊은 심연 그 밑바닥에 두 발로 서서 물이 아닌 공기를 들이마시며 서 있자니 세월의 무상함이 밀물처럼 밀려든다. 아직도 바다의 그리움을 하얀빛으로 토해 내며 말없이 펼쳐져 있는 해수면보다 낮은 땅 배드

캘리포니아에서만 서식하는 죠수아트리로 유명한 죠수아트리 국립공원의 저녁 하늘.

워터, 그곳에는 무구한 사막의 인적 드문 골짜기 깊은 곳까지 찾아
왔다가 돌아간 사람들의 발자국이 허연 소금 눈밭에 무심하게 흩
어져 있었다.

고속도로에서 바라보는 모하비 사막은 아득한 우주의 어느 행성
의 모습이 아닌가 하는 생각이 들게 한다. 석양빛과 같은 분홍빛,
은보라빛으로 펼쳐진 땅 위에 짙푸른 빛을 띠는 사막의 산이 놓여
있다. 캘리포니아 남쪽에는 캘리포니아 사막에서만 자생하는 죠슈
아트리를 주제로 한 죠슈아트리 국립공원이 있다. 이곳에는 거대
한 둥근 암석으로만 이루어진 산이 많다. 나무 한 그루 없는 민들
민들한 암석산을 사람들이 줄을 타고 힘겹게 올라간다. "산에 왜
오르느냐고 묻는다면 그곳에 산이 있어서"라고 했다던 말이 떠오
르는 광경이다. 민둥한 바위 암석산에 위에서 보는 사막의 풍광은

죠수아트리 국립공원 내 사막 한 가운데 펼쳐진 선인장가든의 모습

올라본 사람들만이 알 수 있는 특권일 것이다. 죠슈아트리는 17m 이상 자라며 수명 또한 몇 백 년이 넘는 거대한 선인장 나무인데 자라면서 스스로 비틀어지고 굽어져 기묘한 모양을 만들어 낸다. 황량한 사막을 지나다 어느 지역에 이르면 아름다운 꽃을 피운 선인장 군락지가 나온다. 겉으로 보기엔 다 황량한 사막일뿐인데 유독 한 지역에서만 나타나는 선인장 가든은 그저 신비롭기만 하다.

태양이 함께 하는 남캘리포니아

캘리포니아는 건조한 사막성 기후와 따뜻한 해양성 기후가 함께 존재한다. 남캘리포니아는 사막 기후의 영향으로 강우량이 적고 매우 건조하다. 때로 사막에서 불어오는 건조하며 강한 열풍은 바짝 마른 숲에 큰 화재를 일으키는 원인이 되기도 하는데 미국에 살기 전에는 캘리포니아 산불을 며칠이 지나도록 진화하지 못해 속수무책으로 피해가 커지는 뉴스를 보며 미국이란 나라에서 산불하나 진화하지 못하나 싶어 솔직히 놀란 적이 있었다. 그러나 비가 내리지 않고 건조한 날이 몇 달째 계속되어 숲은 물기하나 없이 바짝 말라있는 상태에다 사막에서 걷잡을 수 없는 강한 열풍이 불어닥친다면 사람의 힘으로는 진화가 어려운 화재가 생기게 되고, 이러한 상황에서의 화재는 열풍이 수그러들어 저절로 꺼질 때까지 며칠간 계속될 때가 많다는 것을 알게 되었다. 남캘리포니아는 강수량이 극히 적다. 일년 내내 비가 내리는 날을 손으로 꼽을 정도이다. 그래서인지 빗소리를 들을 수 있는 밤이면 왠지 기분이 좋아진다. 대신에 건조한 기후는 여름에도 습기가 많지 않아 쾌적함을 느낄 수 있는 날씨를 선물로 준다. 또한 구릉지대는 좀처럼 비가 내리지 않는 반면에 시에라 네바다 산간지대는 겨울에 많은 눈이 온다. 시에라 네바다 산맥에는 매년 약 2m 가량의 눈이 오는데 봄이 되면 이 눈이 녹아 평야와 도시로 흘러 들어가서 중요한 수원이 된다.

남캘리포니아의 해안은 온화한 지중해성 기후의 영향으로 겨울에도 따뜻한 날들이 계속된다. 일년 중 겨울 두 달을 제외한 열 달 동안 바다에서 서핑과 수영을 즐길 수 있다. 그래서 두꺼운 겨울 외투보다 멋진 수영복이 필요하기 때문인지 길거리에는 조깅하는

남캘리포니아는 1년 중 겨울 두 달을 제외하고는 바다에서 서핑과 수영을 즐길 수 있다. 1월의 어느 날 주민들이 여유롭게 산책하며 조깅을 즐기고 있다.

서핑은 남캘리포니아의 주요 해상스포츠이다. 헌팅턴 비치는 16km에 이르는 긴 해안선과 높은 파도로 인해 '서핑의 세계 수도' 라 불리운다.

사람들이 많다. 공원에서도 달리고, 해변에서도 달리고, 도로변에서도 달린다. 무슨 포레스트 검프도 아니고 남녀노소 다 달린다. 이런 광경도 많이 보다보면 나도 저 속에 뛰어들어가 같이 달려야 하는 거 아닌가 하는 생각마저 들 정도다. 하긴 미국에서는 의료보험이 워낙 비싸고 의료비의 부담이 커서 자신의 건강을 지키는 것이 경제적으로 파산하지 않는 방법이기는 하다. 따뜻한 날씨 덕분에 사람들의 옷차림은 일반적으로 티셔츠에 반바지, 샌들을 신고 햇빛에 그을린 얼굴에 선글래스를 낀 가벼운 차림이다.

캘리포니아를 상징하는 6대 도시

캘리포니아의 매력을 크게 두 가지로 나눠본다면, 하나는 대자연이고 또 하나는 다양한 인종의 사람들이 만들어 내는 도시라고 할 수 있다. 캘리포니아는 미국 내에서도 인종적으로 가장 다채로운 주이다. 다시 말하면 서로 다른 문화와 생활방식을 가진 많은 인종들이 함께 모여 산다는 것을 의미한다. 이것은 문화적으로 더 풍요롭게 만들어 줄 뿐 아니라 다양성이 만들어 내는 활기 넘치는 캘리포니아의 원동력이 되기도 한다. 다양한 인종이 모여 사는 도시, 문화적으로 풍요로운 도시, 캘리포니아를 상징하는 6대 도시를 간략하게 소개한다.

1_ 샌디에고

샌디에고(San Diego)는 캘리포니아 가장 남단에 위치한 도시로 캘리포니아 역사에 첫발을 내디딘 유서 깊은 휴양 도시이다. 초기 유럽인들이 처음 정착해 살았던 올드타운을 비롯하여 많은 박물관과 가족단위의 테마파크가 있다. 샌디에고의 바다는 남유럽의 지중해를 닮았다. 인상파의 그림과 같이 나른하면서도 태양과 바다가 혼합된 옅은 안개같은 모습이다. 샌디에고 내륙쪽으로는 전원풍의 농장과 작은 마을들이 평화롭게 옹기종기 모여 있다. 샌디에고는 대표적인 미국의 휴양 도시로 깔끔하고 단정한 미국 해안도시의 모습을 잘 보여준다.

샌디에고 발보아 파크 내 스페인풍 거리에서
사람들이 여유롭게 산책하고 있다.

가장 현대적인 도시 발전의 전형을 보여주는 로스앤젤레스 다운타운 전경.
다운타운을 중심으로 사방으로 끝없이 도시가 펼쳐진다.

2_ 로스앤젤레스

로스앤젤레스(Los Angeles)는 현대도시의 진화와 발전을 보여주는
도시로 미국뿐만 아니라 세계적으로도 가장 도시화(Urbanization)된
곳으로 알려져 있다. 현대 문명의 온갖 이기가 새로 들어오고 또한
인간사회의 다양한 갈등 요소가 표출되고 조정되는 도시이다. 로
스앤젤레스는 20세기에 들어와 급격한 발전을 이루었다. 부동산,
군사, 석유, 영화 등 로스앤젤레스를 중심으로 발전한 산업에서 알
수 있듯이 도시를 주도하는 것은 자본의 힘이다. 로스앤젤레스의

상징이라면 경계를 찾아볼 수 없이 끝없이 펼쳐진 거대도시 (Megaropolis)와 여기에서의 삶을 가능하게 해주는 거미줄 같은 고속도로, 그리고 그 위를 빽빽히 달리는 자동차라 할 것이다. 또한 지구촌 곳곳에서 온 다양한 인종이 모여 살면서 조화와 갈등의 모습을 보여준다. 로스앤젤레스의 진화, 로스앤젤레스에서 새로이 표출되는 도시적 문제에 대한 대응의 모습은 지금도 전 세계가 지켜보고 있다.

3_ 산타바바라

산타바바라(Santa Barbara)는 스페인이 캘리포니아를 지배할 당시의 역사를 간직한 유서 깊은 도시이다. 해안선이 아름다워 '미국의 리비에라'라고 불린다. 도시 전체가 붉은 기와지붕을 올린 지중해풍 건축양식으로 통일되어 있다. 탑에 올라가 내려다보면 마치 이탈리아의 도시 피렌체를 그대로 옮겨 놓은 듯한 느낌이 든다. 도시 전체의 분위기는 콧대 높은 요조숙녀 같은 느낌이며, 오밀조밀한 해안선은 바다의 아기자기한 모습을 보여 주는 데 손색이 없다. 다운타운의 정갈하고 깔끔한 거리에는 유럽 스타일의 노천 카페와 미술품을 파는 갤러리가 많다. 조금은 보수적인 분위기와 어울리는 자유로움과 낭만을 추구하는 기품 있는 도시이다.

미국의 리비에라로 불리우는 산타바바라 거리의 아름답고 낭만적인 밤 거리 풍경.

※ **리비에라** : 지중해에 속한 리구리아해(海)에 면한 이탈리아령(領) 라스페치아로부터 프랑스령 칸까지의 해안. 산지가 바다까지 급박하기 때문에 독특한 아름다운 풍경을 이루고 북풍을 막고 있어, 겨울에도 따뜻하여 휴양지로 널리 알려져 있다. 니스·칸·몬테카를로·산레모 등의 관광지가 줄지어 있어 마치 목걸이와 같다 하여 목걸이를 뜻하는 '리비에라'로 명명하였다.

중부 캘리포니아의
조용한 시골 마을
샌루이스 오비스포의 평화로운 시내.

4_ 샌루이스 오비스포

산타바바라에서 160km 북쪽으로 올라가면 샌루이스 오비스포 (San Luis Obispo)가 나온다. 시골스러운 분위기가 남아 있는 중부 캘리포니아의 중심 도시로 자존심 있는 농촌 도시의 기풍을 지니고 있다. 주위가 산과 평원이며 서쪽으로는 바다로 둘러싸여 있어 전체적으로 조용하면서 담박한 분위기가 나는 곳으로 전통을 지켜가면서 현대를 살아가는 미국적인 매력이 느껴지는 곳으로 로스앤젤레스나 샌프란시스코와 같은 대도시와는 다르게 이곳에 오면 시간이 느리게 흘러가는 것 같다. 단조롭고 더디지만 이러한 한가함 속에서 즐거움을 찾을 수 있는 도시이다.

5_ 산호세

'실리콘 밸리'로 대표되는 산호세(San Jose)는 명실상부한 미국 정보통신산업의 중심지로 21세기 신사업을 중심으로 발전하는 미국의 모습을 상징적으로 보여 주고 있다. 산호세 주위에는 스탠포드 대학의 졸업생들이 세운 정보통신과 생명과학 관련 벤처회사들이 즐비하게 포진해 있다. 도시는 깨끗하면서도 활기에 넘친다. 정보통신과 바이오산업 등 새로운 성장산업을 태동시키는 저력과 바탕에는 창조적인 사고와 새로운 시도를 실행하는 구성원, 그리고 이들의 생각과 사고를 현실적으로 구체화 시킬 수 있는 자본, 이를 용인하고 격려해 주는 자유롭고 도전적인 사회적 분위기가 어울어져야 하는데 산호세는 이러한 여러 요소를 모두 갖추고 있다. 산호

산호세 중심가인 파크 플라자에 위치한 시청 건물의 웅장한 모습.
이곳 주위로 미술관, 박물관, 그리고 산호세 초기의 도시 모습을 간직한
올드타운이 위치해 있다.

샌프란시스코의 상징이라 할 수 있는 금문교(Golden Gate Bridge).
1937년에 완공되어 샌프란시스코와
캘리포니아 북쪽 도시들을 연결해준다.

세는 평원과 바다와 호수가 어우러진 자연 환경에서부터 말끔하게 정돈된 깨끗한 도시환경에 이르기까지 미국적인 현대적 모습을 보여 주고 있다.

6_ 샌프란시스코

'나는 내 마음을 샌프란시스코에 두고 왔네' 라는 노랫말도 있듯이 샌프란시스코(San Francisco)에 한 번이라도 다녀갔던 사람들은 한결같이 그 매력을 잊지 못한다고 한다. 샌프란시스코는 삼면이 바다와 접해 있어 어느 곳이든지 높은 곳으로 올라가면 바다를 볼 수 있고 수많은 언덕으로 이루어져 샌프란시스코 하면 언덕길을 오르내리는 케이블카의 모습이 상징이 된다. 천성적인 자유로운 기질을 바탕으로 기성의 권위와 제약에 대한 도전을 내걸었던 1960년대 히피문화의 산지이며 버클리대학을 중심으로 베트남 반전운동을 전개한 곳이기도 하다. 자유로운 사고와 서로 다른 사람의 생각과 삶을 존중해 주는 기풍은 여권운동의 중심지가 되기도 했으며 2005년 미국에서 최초로 동성결혼 증명서를 발급해 주는 도시가 되었다.

금광 개발에서 실리콘 밸리까지,
캘리포니아 역사 따라가기

16세기 유럽 국가들은 식민지 개척을 위해 앞다투어 새로운 땅을 찾아 아메리카 신대륙 원정길에 나섰다. 그중에서 스페인이 처음으로 카브릴로라는 탐험가를 캘리포니아에 보냈는데 이 때가 1542년이다. 참고로 이 당시의 캘리포니아는 현재 멕시코의 바하(Baja) 반도까지 포함된 넓은 지역을 일컬었다. 캘리포니아 남쪽을 바하캘리포니아, 북쪽을 알타(Alta)캘리포니아라고 불렀으며, 오늘날의 캘리포니아는 바로 이 알타캘리포니아에 해당된다.

스페인에서 보낸 탐험가 카브릴로가 처음 발을 내디딘 곳은 오늘날의 캘리포니아 샌디에고만이었다. 역사는 이 일을 계기로 잠자고 있던 캘리포니아를 깨운다. 그러나 캘리포니아가 스페인과 지리적으로 멀리 떨어져 있던 탓에 스페인은 처음부터 적극적으로 식민지 개척을 서두르지는 않았다. 그러던 중에 러시아와 영국 같은 열강들이 점차 캘리포니아에 관심을 보이면서 손을 뻗기 시작하자 이에 불안을 느낀 스페인은 본격적으로 캘리포니아에 군인과 종교인으로 이루어진 탐사대를 보내서 새로운 식민지 건설에 박차를 가하는 동시에 캘리포니아에 기독교를 전파하는데, 이를 위해 성당과 성채가 혼합된 형태의 미션 21개를 캘리포니아에 순차적으로 건립한다. 이후 스페인은 이백 년이 넘는 기간 동안 캘리포니아를 식민지배하게 된다.

캘리포니아의 역사가 시작된
샌디에고 올드타운에 있는 18세기 샌디에고
성채 사령관 저택의 모습이
한 폭의 그림같다.

19세기 들어 스페인의 국력이 쇠퇴해지면서 스페인의 식민지들이 하나, 둘 독립하게 된다. 한편, 스페인의 식민지로 당시에는 뉴 스페인으로 불리웠던 오늘날의 멕시코도 1810년 멕시코 혁명을 거쳐 1821년 스페인으로부터 독립을 히였다. 멕시코가 독립을 쟁취한 이듬해 멕시코는 캘리포니아가 멕시코 영토임을 선언하였다. 그러나 이후 멕시코는 미국과의 영토 전쟁에서 패배하게 되어 1846년 미국에 캘리포니아를 내주게 된다. 그리하여 캘리포니아는 미국의 서른 한번 째 주로 편입되었다.

캘리포니아 골드러시 시대의 거리 풍경을 재현해 놓은 LA 근교에 있는 테미큘라 시가지.

1849년 캘리포니아는 골드러시(Gold Rush)시대가 도래한다. 미 서부 시에라 네바다 산맥에서 금광이 발견된 이후 수많은 사람이 부자가 되는 꿈을 쫓아 캘리포니아로 모여들었다. 행운을 쫓아 많은 사람들이 한꺼번에 몰려들면서 캘리포니아는 무질서의 혼돈 지대가 되었다. 옷이나 음식 같은 생필품이나 금을 채굴하는 데 쓰는 도구의 값이 천정부지로 치솟아 전반적인 물가가 급격히 오르고 반면에 삶의 질은 떨어졌다. 부자가 될 꿈을 안고 캘리포니아에 온 많은 사람들이 꿈을 이루지 못하고 고향으로 돌아갔으며 고향으로 돌아갈 여비마저도 없는 사람들은 캘리포니아에 남아서 다른 일거리를 찾아 생계를 유지해야만 했다.

그런데 재미있는 것은 금광을 발견해서 부자가 되는 사람은 극히 적었지만, 오히려 그런 일확천금의 꿈보다는 매일매일 일상의 일에서 황금을 발견한 사례가 있었던 것이다. 골드러시 당시 여자들이 세탁업이나 식당일로 행운을 잡은 것인데 당시만 해도 세탁은 여자의 일로 여기던 때였으니 넘쳐나는 광부들의 옷을 세탁하는 세탁업은 불확실한 금광사업에 비해 안전하게 큰 돈을 벌게 해주는 사업이 되었다.

특히 텐트 광목을 사용하여 광부들의 작업복을 공급해 주던 레비 스트라우스는 이 시기의 성공을 바탕으로 '리바이스'라는 세계적인 의류 왕국을 세운다. 골드러시를 시작으로 사람과 돈이 몰려들면서 캘리포니아의 도시들은 빠르게 성장하였다. 이후 미국의 동서를 연결하는 대륙횡단열차가 1869년 개통되면서 철도산업이 본격화되고 이로 인해 많은 일자리가 생겨나면서 외국 이민자들을 비롯하여 미국 내에서도 많은 사람들이 일자리를 찾아 캘리포니아로 왔다.

20세기 초에는 영화와 드라마 같은 모션픽쳐라는 또 다른 산업이 캘리포니아를 찾아왔다. 모션픽쳐 산업은 원래 뉴욕에서 시작되었다. 그러나 혹독한 뉴욕의 추운 겨울 날씨는 영화에 필수적인 야외촬영을 하기에 적합하지 못했다. 그래서 겨울이 없는 따뜻한 날씨의 캘리포니아 남부가 선택되었다. 특히 산과 사막, 목장, 바다 등 영화에 필요한 다양한 배경을 캘리포니아에서는 쉽게 접할 수 있는 것이 장점이 되었다. 초기 영화산업가들이 자리잡았던 작

1. 리바이스 오리지널 점포.
2. 영화산업의 수도라 불리는
   할리우드 '명성의 거리'.

은 마을 할리우드는 오늘날까지 세계적으로 유명세를 떨치게 되었다. 1920년대 할리우드를 중심으로 시작된 모션픽쳐 산업은 금광에 이어 또 하나의 '캘리포니아 드림'이 되었다.

비슷한 무렵에 검은 황금이라 불리는 석유가 로스앤젤레스 인근에서 발굴되었다. 당시에 많은 사람들이 차를 소유하고 있었기 때문에 석유산업은 순식간에 캘리포니아의 주요 산업으로 자리매김을 했다. 금광과 은광에 이어 석유의 잇단 발견은 전 세계의 많은 사람들을 캘리포니아로 계속 불러들이는 결과를 가져왔다.

1929년 주식시장 붕괴로 미국은 대공황기를 맞이하게 되지만 오히려 캘리포니아에는 사람들이 넘쳐났다. 캘리포니아에 가면 일자리가 많다는 루머가 퍼져 많은 사람들이 일자리를 찾아 오로지 먹고 살기 위해 캘리포니아로 왔다. 물론 많은 사람들이 모두 일자리를 구할 수는 없었다. 겨우 구한 일자리도 적은 월급으로 생계를 연명할 정도였을 만큼 어려운 시기가 지속됐다. 그러다가 1940년대에 이르러 미국이 제2차 세계대전 참전을 하며 캘리포니아의 산업이 배나 비행기와 같은 군수물자를 제조하면서 다시 활기를 띠게 되었고, 캘리포니아에 주둔하고 있던 많은 군인들의 가족이 이주해 왔으며 수천 명의 아프리카계 미국인들이 공장에서 일하기 위해 모여들었다.

1960년대 베트남전의 발발과 이에 반대하는 반전운동, 그리고 히피문화가 캘리포니아를 휩쓸었다. 그러는 사이에도 캘리포니아는 전 세계에서 많은 사람들이 몰려들어 새로운 산업과 문화를 창출해 나갔다. 1970년과 80년대에는 신흥산업인 전자공업과 정보통신이 산호세의 실리콘 밸리를 중심으로 발전해 나갔다.

캘리포니아 이민의 역사는 과거에도 그랬지만 지금도 더 나은 삶을 이루기 원하는 세계 각국의 사람들이 끊임없이 유입되면서 이루어지고 있다. 현재 캘리포니아에는 미국 전체 인구 수의 1/9에 해당하는 약 3천 4백만 명이 살고 있으며, 이민자의 수가 많아 미국 내 다른 지역보다 멕시코인, 중남미인, 아시아인의 인구비율이 높다. 지금 이 순간에도 전 세계에서 다양한 배경의 사람들이 끊임없이 몰려와 새로운 문화와 도시를 만들어 가며 끊임없이 변화하고 발전하는 곳이 바로 캘리포니아이다.

미션과 캘리포니아

캘리포니아를 여행하다보면 고속도로 주변에 '역사적 길 (Historic Route)'이란 표지와 '미션(Mission)'이라는 표지를 흔히 볼 수 있다. 여행 중에 이런 표지를 만난다면 그냥 지나치지 말고 꼭 들려보길 권한다. 우리에게 들려 줄 이야기가 많은 역사적 사적지가 버선발로 달려나와 반갑게 손님을 반길 것이다. "아는 만큼 보인다"는 말이 있듯이 역사적 배경을 알고 만나는 캘리포니아는 한층 더 친숙하게 다가 올 것이다. 길 하나, 건물 하나에 붙은 이름도 다 사연이 있어서 생긴 것이다. 캘리포니아의 많은 지명이나 길거리 이름, 학교의 이름 등은 미션 시대에서 따온 것들이 많다. 미션과 캘리포니아와의 역사적 관계를 이해하고 있다면, 캘리포니아를 여행하다가 만나는 낯선 거리가 친숙한 이름임을 알아채는 순간, 비록 처음보는 거리라도 마치 전부터 알고 있었던 듯 정겹게 느껴질 것이다.

미션의 역사가 곧 캘리포니아의 역사

미션의 역사가 캘리포니아의 역사라고 해도 과언은 아니다. 그렇다면 캘리포니아를 이해하는 데 절대 빠져서는 안될 것이 미션이란 이야기가 된다. 언제 어떤 이유로 캘리포니아에 미션이 생겼는지 궁금해지지 않을 수 없다.

캘리포니아의 미션을 간단히 정의하자면 유럽의 성당과 지배자가 살던 성채의 개념이 혼합된 형태이다. 미션은 초기 스페인에서 파견된 프란체스칸 신부들의 신에 대한 경배, 종교적 열정과 고난, 제국주의 국가들의 야망과 다툼, 그리고 토속 인디언과의 문명적·인종적 충돌의 모습이 아로 새겨져 있는 캘리포니아의 역사적 결정체라고 할 수 있다. 그렇게 보는 이유는 16세기 유럽국가들이 캘리포니아를 탐사하고 세력을 넓혀가던 시절부터 오늘날 캘리포니아의 모습이 갖추어지기까지 미션의 설립과 발전이 캘리포니아 역사에 있어 가장 핵심적인 역할을 했다고 할 수 있기 때문이다.

스페인 국왕 카를로스 3세는 1769년 군대와 가톨릭교회의 종교

미션의 보석으로 불
리우는 미션 샌후안
캐피스트라노의 정
원. 전체 미션 중 가
장 아름다운 정원으
로 꼽힌다.

지도자들로 구성된 팀을 샌디에고로 보낸다. 이때 캘리포니아에 온 군 최고사령관은 돈 개스퍼드 포톨라(Don Gasparde Portola)였으며, 가톨릭교회에서 수장으로 선출된 후니페로 세라(Junipero Serra) 신부가 함께 왔다. 그들이 맡은 임무는 캘리포니아에서 수천 년 전부터 살아오고 있던 아메리카 원주민인 인디언들에게 가톨릭을 전파하고 더불어 스페인 방식대로 살게 하는 것이었다. 이 목표를 달성하는 중요한 방편으로 스페인은 유럽식 성당인 가톨릭 미션을 염두에 두었다. 가톨릭 수도사들과 스페인 군대는 캘리포니아 서부해안을 따라 이동하며 아래로는 샌디에고에서부터 위로는 샌프란시스코 북쪽에 이르기까지 모두 21개의 미션을 건립하였다. 이러한 방법으로 스페인은 비교적 평화적이고 손쉽게 캘리포니아의 영토를 차지하게 되었으며, 이후 이백 년이 넘는 세월 동안 캘리포니아를 식민지배하게 되는 틀을 마련하였던 것이다.

스페인은 미션을 세우면서 동시에 미션 주위에 프레시디오(presidio, 요새를 뜻하는 스페인어)와 프에블로(pueblo, 마을을 뜻하는 스페인어)를 만들어 갔다. 미션의 땅과 사람들을 보호하기 위한 방편으로 스페인 군인들이 요새를 만들어 정착하게 되는데 요새와 같은 이러한 곳을 프레시디오라고 불렀다. 오늘날의 군대 주둔지의 개념으로 주로 군인과 군인 가족들이 이곳에서 살았다. 프에블로는 멕시코에서 온 사람들이 만든 새로운 정착 마을을 일컫는 말인데 주로 농업을 기반으로 하였다. 18세기 말에 이르면 프레시디오와 프에블로의 수가 많이 증가하게 되는데 이것들이 후에 샌프란시스코, 산호세, 로스앤젤레스 같은 도시들의 기원지가 된다.

'왕의 길'을 따라서

스페인 수도사들이 미션을 짓기 위해 캘리포니아 해안을 따라 갔던 길을 '왕의 길(El Camino Real)'이라고 부르는데 지금의 'US 101번 도로'이다. 스페인에서 온 가톨릭교회의 수장 후니페로 세라 신부가 샌디에고에 종교적

'왕의 길'이라 불리우는 US101번 도로 표지판. 왕의 길을 따라서 캘리포니아에는 21개의 미션이 건립된다.

정착지인 미션을 건립하기에 여념이 없는 동안 군사령관 개스퍼드 포톨라는 캘리포니아 서부해안을 따라 탐험길에 올랐다. 그는 왕의 길이라는 뜻의 '엘까미노 레알(El Camino Real)'을 따라 지금의 샌프란시스코 지역까지 올라갔다.

'왕의 길'이라 불리는 루트를 따라 1769년 남쪽의 샌디에고 부터 1823년 북쪽의 소노마 지역까지 54년의 기간 동안 총 21개의 미션이 캘리포니아 지역에 세워진다. 스페인 수도사들은 캘리포니아 해안을 따라 미션을 건립할 때 하나의 미션에서 다른 미션까지의 거리를 중요시 여겼다. 당시의 주요 교통 수단이었던 말을 타고 하루 안에 도달할 수 있는 거리에 미션을 짓고자 하였기 때문이다. 여행을 하다가 밤이 되면 하룻밤 지낼 곳이 없었던 때라 미션이 호텔의 역할도 했던 것이다. 또한 미션 간의 원활한 소통이 이루어져야 미션 체인의 임무를 완수할 수 있었기에 미션 간의 거리는 중요한 요소였다. 이렇게 각각의 미션이 건립된 지역은 샌디에고, 로스앤젤레스, 산호세, 샌프란시스코 등 오늘날 캘리포니아의 주요 도시를 이루는 기반이 되었다. 따라서 미션의 건립과 발전의 역사는 바로 캘리포니아 주요 도시 발전의 역사가 되는 것이다.

미션의 변천사

미션의 설립 목적은 당시 그 지역에 흩어져 살던 인디언들을 모아 미션 안에서 함께 살게 하면서 스페인에서 파견된 가톨릭교회의 수도사들이 이들 인디언들을 가톨릭 신도로 개종시키고 또한 농업과 축산 등의 산업활동과 다른 지역과의 무역을 통해 경제력을 유지하는 것이었다. 즉 미션이 캘리포니아 지역의 개척과 지배를 위한 종교적 전진기지 역할을 수행했다고 할 수 있다.

미션은 스페인에서 파견된 프란체스칸 수도사들에 의해 운영되었다. 미션 안에는 교회, 학교, 창고, 작업장, 집 등이 있고 모든 건물들은 중앙의 안뜰을 중심으로 사각형 모양으로 지어졌다. 미션 주위의 땅은 주로 채소나 과일 나무를 심거나 목장으로 사용했다. 수도사들은 지역 인디언들에게 자신의 마을을 떠나 미션 안에 들어와 살게 했다. 이렇게 되자 18세기 말 무렵에 이르면 캘리포니아 미션은 이만 명 이상의 인디언들의 집이 되었다. 그러나 인디언들이 한 번 미션 안으로 들어가서 살게 되면 그들의 전통 생활 방식을 모두 포기해야만 했다. 모든 생활은 가톨릭교회의 종교 의식에 따라야 했기 때문에 인디언들에게 있어 미션 안에서의 생활은 자유가 없는 구속된 삶이었다. 정해진 일과에 따라 움직여야 했고, 규율은 엄했으며, 미션에서 사는 것이 힘들어 도망가는 인디언들은 붙잡혀와 채찍질같은 가혹한 형벌을 받았다. 일례로 1780년대 미션을 방문했었던 한 프랑스인 탐험가의 노트에는 자신이 본 미션 내에서의 인디언들의 삶은 노예와 같았다고 기록하고 있다.

인디언들은 스페인 수도사들의 교육에 의해 수렵과 채집의 생활에서 경작의 생활로 옮겨간다. 인디언들에게 더 이상 사냥이나 낚

미션 건립 초기 프란체스칸 수도사들은 인디언들에게 유럽식 생활 방식을 가르쳤다.

미션 내 일터 중 하나였던 옷감을 짜는 방. 우리나라의 전통적인 베틀과 많이 비슷하다.

시는 허용되지 않았다. 대신에 수도사들은 채소, 과일 등 농작물 재배와 가축을 기르는 법을 가르쳤다. 인디언들은 수도사로부터 목수일이나 와인 제조법을 배우고 유럽식의 예술을 익히며 수공예품을 만들었다. 그러나 슬프게도 미션 안에서 사는 인디언들의 건강이나 위생상태는 열악한 환경을 벗어나지 못했다. 특히 인디언들은 스페인 사람들이 유럽대륙으로부터 가져온 천연두, 결핵 같은 질병에 대한 면역력이 없었던지라 수많은 사람들이 전염병에 걸려 죽었다. 전염병은 비단 미션 내에 살고 있던 인디언들 뿐 아니라 미션 밖에서 살고 있던 인디언들에게까지 퍼져나가 많은 수의 인디언들이 죽었다.

미션은 한때 번영의 시기를 맞았으나 19세기 들어 쇠퇴의 길로 들어선다. 스페인으로부터 독립한 멕시코 정부는 스페인의 잔재를 없애려는 취지 하에 1834년 모든 미션을 세속화 시키면서 미션에 남아 있던 신부들에게 떠날 것을 명하였으며, 마찬가지로 미션에 살고 있던 인디언들을 모두 풀어주었다. 법에는 미션의 땅과 가축의 절반을 원주인이었던 인디언들에게 되돌려주라고 되어 있었지만, 이 법은 그대로 실행되지 못하여 권력을 가진 일부 계층의 사람들에게 땅은 대부분 넘어가게 되었고, 인디언들은 농장이나 목장에 다시 고용되거나 새로운 생활터전을 찾아서 로스앤젤레스 같은 대도시로 나가거나 그렇지 않으면 멀리 사막 안으로 들어갔다. 대부분의 미션은 세속화 된 이후 줄곧 방치되어 있다가 1900년대 들어서 재건되기 시작했으며, 현재는 가톨릭 예배와 종교의식의

미션 내부의 예배당 전경.

캘리포니아 미션에는 스페인 건축양식의 영향을 받은 회랑을 흔히 볼 수 있다.

장소로 주로 활용되고 있다.

　역사에서 보듯이 캘리포니아 미션은 바로 캘리포니아 역사와 도시 발전의 근간이 되었다. 미션의 역사가 바로 초기 캘리포니아의 역사이다. 또한 미션이 설립되었던 도시가 현재의 샌디에고, 샌프란시스코, 로스앤젤레스 같은 캘리포니아 주요 도시로 발전해 왔다. 이러한 사실은 캘리포니아의 역사와 도시 여행의 기점으로 캘리포니아 미션을 선택하게 된 이유가 되었다. 미션을 통해서 초기 유럽 선교사들이 신대륙에 정착하여 어떤 과정을 거쳐 뿌리를 내리게 되었으며, 서양 문명이 오늘날 캘리포니아의 생성과 발전에 어떠한 영향을 주었는지 가늠해 볼 수 있으니 미션을 따라가는 캘리포니아 여행은 그 의미가 크다고 할 수 있다.

샌디에고(San Diego)는
아름다운 해변이 있는 세련된 휴양 도시이다.
그리고 일년 내내 따뜻하고
온화한 기후까지 갖추고 있다.
그래서일까 통계로 볼 때
미국인들이 휴가를 보내고 싶어하는 도시로
라스베가스와 샌프란시스코에 이어
3위를 샌디에고가 차지한다고 한다.

제 2 부

샌디에고

샌디에고(San Diego)는 아름다운 해변이 있는 세련된 휴양 도시이다. 그리고 일년 내내 따뜻하고 온화한 기후까지 갖추고 있다. 그래서일까 통계로 볼 때 미국인들이 휴가를 보내고 싶어하는 도시로 라스베가스와 샌프란시스코에 이어 3위를 샌디에고가 차지한다고 한다. 끝도 없을 것 같은 사막을 지나다가 서서히 그 모습을 드러내는 신기루 같은 도시, 화려한 외양에 거대한 자본과 욕망이 꿈틀거리는 도시, 꼭 카지노가 아니더라도 관광객들을 불러들이는 매력이 많은 곳이 라스베가스인 반면에 샌디에고는 그야말로 온화한 기후를 가진 휴양 도시의 매력으로 사람들의 마음을 사로잡는다. 잔디밭과 야자수, 그리고 푸른 바다가 삼박자를 이루는 따뜻한 해변이 지천으로 있고, 가족끼리 즐길 수 있는 테마파크 또한 많은 곳이다.

샌디에고는 미국 서해안 최남단에 위치해 있으며, 화려한 색채를 가진 정열적인 나라 멕시코와 국경을 맞대고 있다. 캘리포니아에서 두 번째로 큰 도시인 만큼 지리적으로도 상당히 넓고 볼거리도 많을 뿐만 아니라 바로 캘리포니아 도시 역사의 발원지이다.

샌디에고 서해안을 따라 특색 있는 많은 해변들이 자리잡고 있는데, 이름이 붙은 해변이 무려 열아홉 개나 된다. 해변은 다들 엇비슷해 보이지만 각 해변마다 개성이 있어서 어떤 해변에 가서 보면 태평양이 광대하고 웅장하게 보이는가 하면, 다른 해변에서 만나는 태평양은 마치 스위스를 여행하다 만났던 아늑한 느낌의 호수처럼 보인다. 같은 태평양이라 하더라도 주변의 경관에 따라 그

샌디에고는 지중해풍의 바다와 사철 청명한 하늘, 남국의 여유로움을 갖춘 멋진 휴양 도시이다.

리고 해변의 위치에 따라 다른 감흥을 경험할 수 있는 독특함을 갖고 있다. 샌디에고를 찾는 많은 사람들은 아름다운 해변에서 망중한을 즐기고 싶은 사람들이다. 그들이 누리는 아름다운 해변에서의 여유를 함께 즐겨 보는 것은 어떨까?

우선 샌디에고 다운타운에서 북쪽으로 18km 정도 떨어져 있는 곳에 위치한 라호야 해안으로 가 보자. 스페인어로 '보석'이란 뜻을 가진 라호야 해안은 부유한 예술가들이 사는 마을이면서 관광객들이 많이 찾는 휴양지이다. 바다가 내려다 보이는 언덕 위에는 호사스러운 주택들이 있고, 골목 사이사이에는 멋진 갤러리와 고급 부티크들이 자리잡고 있다. 100m가 넘는 높은 라호야 해안 절벽에서 아래를 내려다보면 가파른 절벽에 파도가 와서 부딪히는

(p66~67) 샌디에고 해안 중 가장 아름다운 라호야(La Jolla) 해변에서 물개들이 휴식을 취하고 있다.
1. 솔라나 해변 근처의 잔디광장에서 바다를 즐기는 주민들.
2. 일명 개비치(Dog Beach)에서 즐겁게 수영을 즐기는 개와 주인들.

모습을 볼 수 있다. 해안가에는 초승달 모양의 모래사장이 펼쳐져 있고, 해변 가장자리 모래밭에는 거대한 몸집을 조금의 부끄러움도 없이 보란듯이 드러내 놓고 휴식을 취하고 있는 수십 마리의 물개떼들을 볼 수 있다. 큰 몸집의 물개들이 배를 밀면서 뭍으로 미끄러지듯이 올라와 서로 몸을 맞대고 누워 있는 모습을 바라보는 것도 라호야 해안에서 느끼는 재미 중의 하나이다. 해안 절벽 위의 야자수가 늘어진 산책길에 서서 내려다보는 태평양은 한폭의 그림같이 환상적이다.

미국에서는 잠시라도 차 안에 아이들만 남겨두고 자리를 비워서는 안된다. 만일 차 안에 아이들만 있는 모습을 다른 사람이 보게 되면 당장 경찰에 신고한다. 이것은 아이들의 안전을 위해서도 좋은 일이다. 비슷한 예로 프랑스 남부 해변에 가면 차에 개를 남겨두고 내리지 말라는 경고 표지판이 자주 눈에 띈다. 한여름의 더운 날씨에 차 안에 남겨진 개는 위험할 수도 있기 때문인데, 개를 좋아하는 프랑스인들의 모습을 엿볼 수 있게 해 준다. 미국인들도 개를 무척 좋아해서 샌디에고에는 개들을 위한 해변이 있다. 이곳에 가면 바다에서 수영하는 사람들 대신에 수십 마리의 개들이 수영을 즐기며 마음껏 뛰어다니며 천진스런 모습으로 파도와 물장난을 치고 있는 것을 볼 수 있다. 더불어 개 주인들도 삼삼오오 모여 자신들의 개에 대해 이야기하며 즐거운 시간을 보낸다.

샌디에고에는 많은 테마파크들이 있다. 돌고래 쇼가 일품인 해양공원 씨월드와 샌디에고 동물원이 있으며 레고로 만들어진 놀이

공원인 레고랜드도 있다. 특히 샌디에고 동물원은 규모와 사육되고 있는 동물의 다양성 면에서 세계 최고를 자랑하고 있다. 멋진 이층버스를 타고 공원 내를 돌아볼 수도 있으며 코알라와 캥거루, 팬더곰을 볼 수 있다. 수십만 평의 야생사파리공원(Wild Animal Park)에서는 지프를 타고 야생동물 근처까지 가서 먹이를 줄 수도 있고, 사파리 기차를 타고 전체 공원을 둘러보면 일반 동물원에서는 보기 힘든 야생동물들을 바로 눈앞에서 볼 수도 있다.

모든 것이 레고로 만들어진 아이들의
천국 레고랜드.
이곳에서는 아이들이
직접 레고를
이용하여 만들어 보고
참여할 수 있다.

샌디에고 동물원은 그 규모와 사육되고 있는
동물의 다양성 면에서
세계 최고의 규모를 자랑한다.

캘리포니아 역사를 품에 안은 올드타운

뉴욕의 허드슨 강변에 서 있는 자유의 여신상은 프랑스가 미국에 선물로 준 것이다. 프랑스의 세느 강변에는 역시 같은 모습으로 자유의 여신상이 있다. 자유의 여신상은 미국을 찾는 관광객들에게 결코 빠질 수 없는 관광코스이다. 그렇다면 미국에 살고 있는 미국인들이 이 자유의 여신상 다음으로 많이 찾는 동상은 무엇일까? 그것은 샌디에고에 있는 카브릴로(Juan Rodriguez Cabrillo) 동상으로 우리에게는 잘 알려지지 않았지만 이 사람은 캘리포니아에 첫발을 내디딘 최초의 유럽인이다.

물론 캘리포니아는 아메리카 원주민인 인디언들이 최소 일만 년 전부터 터를 잡고 조상 대대로 알콩달콩한 삶을 꾸려오고 있었다. 그러다가 1542년 6월 27일 스페인에서 보낸 탐험가 카브릴로가 불과 30m 길이의 범선 산 살바도르 빅토리아 호를 타고 샌디에고 문 앞에 도착한 바로 그 순간부터 샌디에고의 역사 뿐만 아니라 평화롭게 잠자고 있던 캘리포니아의 역사가 다시 씌어지게 되었다.

유럽인으로 캘리포니아 샌디에고만에 처음 도착한 탐험가 카브릴로를 기리는 국립사적지는 샌디에고만의 해안 절벽 높은 곳에 자리잡고 있다. 이곳은 반도의 끝에 위치해 있어서 태평양과 샌디에고 시내가 눈앞에 파노라마처럼 펼쳐진다. 절벽 위에서 아래를 굽어보면 푸른 바다에 유유히 떠 있는 흰

유럽인으로서 캘리포니아에 첫 발을 내디딘 카브릴로를 기려 만든
국립 카브릴로 사적지와 카브릴로의 동상.
미국내에서 뉴욕의 자유의 여신상 다음으로 많은 사람들이 방문하는 동상이다.

샌디에고는 멕시코와 인접해 있어
멕시코풍의 기념품 가게 및
정통 멕시코 요리를 선보이는 식당들이 많다.

캘리포니아의 역사가 시작된 샌디에고 올드타운 거리. 이곳에는 샌디에고가 처음 세워질 당시의 거리 모습과 건물들이 남아 있다.

돛을 단 배들이 마치 바다에 내려앉아 쉬고 있는 흰 갈매기떼들처럼 보인다. 푸른 하늘과 바다가 서로 어우러진 풍경은 가슴이 탁 트일 듯이 시원하다.

샌디에고에는 유럽인이 처음 와서 정착하여 살았던 마을의 모습을 간직한 올드타운이 있다. 캘리포니아 주립역사공원으로 지정되어 있기도 한 올드타운은 찾아갈 때마다 느끼지만 재미있고 흥미로운 곳이다. 지금의 다운타운이 중심부가 되면서 올드타운은 비교적 발전의 영향권에서 떨어진 채 쇠퇴의 길을 걸어왔다. 그래서 아직도 올드타운에는 많은 건물들이 원형 그대로 보존되어 있다. 올드타운으로 들어서면 작은 마을이 한눈에 들어온다. 마을 가운데에 넓은 잔디광장이 있고 그 광장 주변으로 올망졸망 옛날 건물들이 늘어서 있다. 당시 모습을 간직한 옛날 건물들은 현재 작은 양초, 비누, 사탕가게 등이 되어 있고 학교건물과 법원건물이자 시청청사로 쓰였던 건물을 비롯하여 권력자의 저택 등이 박물관이 되어 관광객들을 맞고 있다.

올드타운 가운데 있는 잔디광장을 지나면 흥겨운 멕시코 음악이 들려오는데 가장자리에 자리잡은 식당가에서 들려오는 연주 소리

올드타운 광장에서는 당시의 시대상을 보여주는 다양한 행사가 열린다. 축제 때 춤추는 사람들.

이다. 상점이나 박물관에는 스페인 전통 의상을 차려입은 여인들을 볼 수 있는데, 이들은 땅에 끌리는 긴 드레스를 입은 위에 흰 앞치마를 두르고 레이스 달린 모자를 쓴 모습으로 거리를 돌아다녀 보는 재미를 더 해 준다.

미션의 어머니, 미션 샌디에고

1769년 7월 스페인 군사령관 포톨라와 가톨릭 로마교회가 선출한 종교지도자 세라는 두 척의 배를 거느리고 항해 도중 바다에서 잃은 배 한 척과 죽어간 사람들을 생각하며 비장한 각오로 샌디에고만에 첫발을 내디딘다. 세라의 나이 쉰 다섯, 병약한 몸으로 한

캘리포니아에 최초로 세워진 미션 샌디에고의 정면 모습.
미션의 어머니라 불리운다.

쪽 다리를 절면서 어깨에 소중하게 걸쳐 받든 십자가를 낯선 대지 위에 깊이 박아 세운다. 이곳에서부터 오늘날의 캘리포니아에 최초로 세워진 미션의 이야기가 시작된다.

스페인에서 온 사람들이 선택한 이 땅에는 아메리카 원주민인 인디언들이 전통 방식대로 자손을 낳아 기르며 살고 있었다. 그들은 조상 대대로 살아온 땅에 어느날 불쑥 찾아온 이상한 사람들을 경계심과 함께 호기심 어린 눈으로 바라보았다. 스페인 수도사들은 인디언들의 경계심을 허물고 친해지기 위해 미리 가져온 옷가지들과 유리구슬 목걸이 등을 선물로 건넸다. 인디언들은 수도사들의 선물을 그저 호감의 표현으로 받아들였으나 불어닥칠 변화의 소용돌이에 대한 시작임을 알지 못했다.

당연한 일이지만 인디언들과 스페인 수도사들의 의사소통에는 어려움이 따랐다. 가장 기본적인 수단인 의사소통부터 장벽을 이루고 있었으니 앞으로의 일은 험난하기만 했다. 척박한 땅과 부족한 식량, 인디언들과의 불화를 비롯해서 최초의 미션 건립은 최초라는 이름에 걸맞게 어려움이 상당히 컸다.

인디언과 스페인 수도사 두 집단 간의 문화적 차이도 갈등의 요인이 되어 어려움을 더했다. 인디언들 사이에서는 옷을 거의 걸치지 않거나 조금만 걸쳐 입는 것이 매우 세련되고 편한 복장으로 통했으나 겹겹이 입어 그럴싸하게 옷매무새를 갖춘 것을 미덕으로 알았던 스페인 사람들이 봤을 때 인디언들은 수치를 모르는 사람들일 수 밖에 없었다. 반면에 거의 매일 씻고 깨끗함을 유지했던

미션 샌디에고 정원에 있는 수도사 조각상.

스페인에서 건너와 캘리포니아 미션의
초석을 다진 세라 신부의 동상.
세라 신부는 평생을 종교적 신념을 위해 헌신한 인물이다.

인디언들이 봤을 때 자주 씻지 않아 냄새나는 몸을 긴 옷자락으로 감싸고 다니는 스페인 사람들은 불결하기 그지 없었다.

또 다른 문화적 충돌로 인디언들은 전통적으로 물건이나 음식을 함께 나누어 쓰는 공동체 생활을 해왔기 때문에 스페인 사람들의 물건을 말없이 가져다 쓰는 일이 많았다. 이것을 문화적 차이로 보고 이해하려는 스페인 사람들도 있었으나 도둑질로 여기고 반감을 가진 사람들도 생겨났다. 시간이 지남에 따라 두 집단 사이의 긴장은 결국 무력충돌로 이어지게 되었다.

최초의 시도로 숱한 어려움을 겪었던 미션 샌디에고는 어머니의 모습처럼 검소했다. 미션의 예배당 또한 어머니의 소박한 옷차림 같은 인상을 주었고, 안뜰 역시 화려한 장식이나 꾸밈이 없어 그 어느 미션보다도 질박하고 단출한 모습으로 남아 있다.

생동감이 넘치는 샌디에고 다운타운

올드타운의 언덕 위에는 미션의 모양새를 한 세라의 기념박물관이 자리잡고 있다. 세라 신부는 캘리포니아의 미션 건립에 큰 공헌을 한 사람으로 거의 모든 미션에 그를 기리는 조각물이 있을 정도다. 기념관의 입구에 나란히 게양되어 있는 미국 국기, 캘리포니아 주 기, 스페인 국기가 무심하게 바람에 날리는 것을 바라보고 있자니 스페인 사람 세라가 캘리포니아에 와서 미국 역사의 일부를 만

1. 샌디에고의
대표적 쇼핑가
호튼 플라자.
2. 19세기 유럽의 거리를
연상시키는
가스램프쿼터의
빅토리아풍 건물.

들었다는 의미를 단적으로 보여주는 것 같았다.

언덕 위의 기념관에서 바라보면 샌디에고 시가지 일부와 근처를 지나는 5번 고속도로가 내려다 보인다. 시원스럽게 뻗은 5번 고속도로를 타고 조금 남쪽으로 내려가면 샌디에고의 중심지 다운타운이 나온다. 다운타운에는 19세기 빅토리아풍의 아름다운 건물들이 있는 '가스램프쿼터' 구역이 있다. 가스등이 길 양쪽으로 늘어서 운치를 더 해 주는 거리로 밤이 되어 다운타운에 촘촘히 서 있는 가스램프에 불이라도 켜지면 그 운치가 한층 깊어져 지나가는 이의 마음마저 설레게 하는 곳이다. 다운타운에서 걷다보면 소담한 테이블을 길가에 내어 놓은 카페테리아를 쉽게 볼 수 있다. 특히 저녁이 되면 길거리의 가스등과 클럽의 네온 빛이 어우러져 샌디에고 주민들의 멋진 기분전환 장소가 된다. 여행을 하다 피로감이 들 때 이렇게 멋진 쇼핑가를 만나면 다시 힘이 솟아나는 걸 느낀다. 새로운 트렌드의 흐름도 읽을 수 있으며 진열된 물건들을 무심히 바라보며 걷다 보면 머릿속의 잡념도 없어지고 자동으로 운동도 되니 일석이조가 된다. 더구나 쇼핑몰이 마치 미술관에 온 것 같은 착각을 느끼게 할 정도로 근사한 곳이라면 금상첨화이다. 샌디에고의 다운타운에 있는 호튼 플라자(Horton Plaza)는 바로 그러한 곳으로 쇼핑을 즐기는 미국인들이 주말이면 이곳으로 나와 시간을 보낸다.

미션의 왕, 미션 샌루이스레이

길고 높은 새하얀 벽이 먼저 눈에 들어오는 샌루이스레이 미션 (Mission San Luis Rey de Francia)은 '미션의 왕'이라는 별칭을 갖고 있다. 미션 종탑 위에 금관이라도 쓰고 있어서 그런 것은 아니고, 웅장한 미션의 규모와 한때 미션이 이루었던 번영을 반영하는 별칭인 것이다. 미션 샌루이스레이는 전체 21개 미션 중 1798년에 18번째로 건립된 후반기의 미션이다. 미션 간의 원활한 소통을 위해서 미션 간의 거리는 중요한 요소로 지켜졌는데 이와 같은 원칙에 따라 미션 샌루이스레이는 최초로 생긴 샌디에고 미션과 미션의 보석이라 불리는 미션 샌후안 캐피스트라노의 중간 지점에 자리를

미션 샌루이스레이 예배당.

잡았다. 이리하여 샌디에고에는 모두 세 개의 미션이 고른 거리 간
격으로 세워지게 된다.

　미션의 왕이라 불리는 곳에서 인디언들의 생활은 어떠했을까?

　멀리서 동이 트는 동시에 미션 안에 기상을 알리는 종소리가 울
려 퍼진다. 주섬주섬 옷을 차려입은 인디언들은 삼삼오오 무리를
이루며 교회 안으로 들어서서 바닥에 털석 주저 앉는다. 타일로 된
시원한 교회 바닥은 아침 잠을 쫓는 데 제격이다. 신부들의 지시에
따라 예배를 시작한다. 신부가 말하는 스페인어가 무슨 뜻인지 알
아듣지 못할 때가 많지만 늘 하는 예배의식은 이제 인디언들에게
익숙한 일이 되었다. 아침 먹을 시간을 알리는 종소리가 들리면 아
침을 먹고 나서 일터로 가야 한다. 오전 중에는 그래도 날이 덥지

미션 샌루이스레이의 정원.

않아 일하기에 수월한 시간이다. 어느새 정오가 되어 점심시간을 알리는 미션의 종소리가 다시 들려온다.

　마침 미션 앞 피크닉 테이블에 앉아 싸온 도시락을 펼치려던 순간 어디선가 정오를 알리는 미션의 종소리가 은은하게 들려왔다. 그 종소리를 든는 순간 우리들의 몸엔 전율 같은 것이 느껴졌다. 이 순간의 우리와 이백여 년 전 이 미션에서 살았던 사람들은 지금처럼 이 종소리를 듣고 이곳에서 똑같이 점심을 먹었던 것이다. 햇빛이 반사되는 새하얀 미션 벽면이 웅장하게 다가오고 장구한 세월 뒤에 그들은 지금 없지만 우리는 그들의 행적을 따라 이곳에 찾아왔구나 하는 생각이 들었다.

미션 샌루이스레이 라벤데리아 계단. 이곳에서 인디언 여인들이 빨래와 목욕을 했다.

미션 샌루이스레이의 19세기 말 당시의 모습.

점심을 마친 인디언들은 두 시간의 휴식 후 다시 작업장으로 간다. 아니 가야만 했다. 미션에서는 마음대로 일을 빠지거나 쉴 수가 없었다. 정해진 규칙을 따르지 않으면 벌을 받게 되어있다. 그리고 일이 힘들어 도망이라도 치다 잡혀 들어와 스페인 군인들에게 호되게 채찍을 맞던 동료들의 일이 생각나 도망 또한 엄두가 나질 않는다. 아! 미션에 들어오지 않고 고향 마을에 살았더라면 하는 생각이 굴뚝같지만 어쩔 도리가 없다.

미션 앞에는 라벤데리아(lavanderia)라는 재미있게 생긴 공동세탁장이 남아 있다. 이 공동세탁장을 만들 생각을 한 사람은 미션에서 33년간 재임했던 안토니오 페리(Antonio Peyri) 신부라고 하는데 그 원리는 이러하다. 미션 앞에는 계곡물이 흐르고 있었는데 그 아래로 넓고 길다란 계단을 많이 만들어서 계곡에서 나온 물이 이 계단 양쪽으로 흘러 내려가게 한 후, 계단을 따라 흘러 내려간 물은 저지대에 있는 벽돌로 만든 물웅덩이로 모여 공동세탁장의 용모를 갖추게 되는 것이다. 이곳에서 인디언 여인들이 매일같이 목욕하고 아이들을 씻겼다. 또, 매주 토요일에는 함께 모여 이야기 꽃을 피우며 계단을 빨래판 삼아 빨래를 할 수 있었다. 하수는 필터장치가 있는 가는 배수관을 통해 정수되게 한 다음 미션에서 경작하는 채소밭이나 과수원으로 흐르게 하여 한번 쓴 물을 정수해서 다시 사용함으로써 귀했던 물을 낭비하지 않고 잘 활용할 수 있도록 한 것이었다.

빨간 지붕으로 유명한 코로나도 호텔.

진정한 휴양지의 면모, 코로나도 섬

샌디에고 다운타운을 지나면 샌디에고만과 태평양을 양쪽으로
보여 주는 명물 코로나도 베이 브릿지가 나온다. 이 다리를 건너면
샌디에고만 맞은편에 위치한 육지와 연결된 코로나도섬이 있다.
한때 부유층의 휴양지이기도 했던 코로나도섬의 시가지는 깨끗하
고 잘 정리된 지중해풍 건물들과 상가들로 들어차 있다. 영국의 에
드워드 왕자가 심슨 부인을 만났던 곳이며 마릴린 먼로가 유난히
좋아했던 곳이라고 한다.

코로나도섬의 명물은 1884년에 지어진 붉은색이 선명한 원형탑
모양의 지붕을 가진 코로나도 호텔이다. 빅토리아풍의 아름다운
건축물로 연방정부가 문화재로 지정한 곳이며 각종 영화의 세트장

으로 이용되고 있다. 이 붉은 원형탑 지붕의 호텔은 유난히 흰 모래사장 옆에 위치하고 있어 더 돋보인다. 특히 주말에는 바다가 보이는 호텔 앞 잔디밭에 눈부시게 흰 테이블보가 덮인 결혼식 테이블들이 꽃으로 장식되어 늘어서 있다. 호텔 앞에 즐비한 초록색 파라솔 아래서 점심을 먹는 사람들이 나누는 말소리와 달그닥 거리는 식기 소리가 때마침 그곳을 배회하는 갈매기떼 소리와 함께 어우러져 휴양지라는 실감이 나게 하는 곳이다.

박물관의 천국, 샌디에고 발보아파크

아이들을 키우는 사람들은 샌디에고가 참 좋은 교육환경을 갖추고 있다고 생각한다. 왜냐하면 거대한 종합문화공원인 발보아파크(Balboa Park)가 있기 때문이다. 이곳에는 무려 열다섯 개의 박물관이 모두 한 자리에 모여 있다. 1200에이커의 거대한 공원 안에는 미국 내에서도 몇 안되는 사진예술박물관을 비롯하여 자동차박물관, 철도박물관, 스포츠박물관, 샌디에고 역사박물관, 인류박물관 등이 있다. 특히 부러운 점은 매주 화요일이면 몇 개의 박물관을 정해서 무료로 개방해 주는데 원한다면 돈을 들이지 않고도 관람할 수 있는 기회를 주는 것이다. 그 밖에도 미술관과 과학센터, 항공우주센터, 식물원, 동물원이 있으며 공원 내의 극장들에서는 연중 많은 공연과 퍼포먼스가 행해진다. 보타니컬 가든에서는 많은 희귀식물과 58종의 종려나무, 2000여 종이 넘는 열대식물을 볼

샌디에고 발보아파크 안에 있는 인류박물관.

수가 있고, 커다란 분수광장을 시작으로 길 양쪽으로 스페인풍 건물 양식의 화려하고 웅장한 박물관들이 줄지어 있는 거리가 있다. 마치 바르셀로나의 구시가지나 마드리드의 프라도미술관 한구석을 옮겨 놓은 듯하다. 이곳에서는 운동을 하거나 산책 나온 인근 주택가 주민들의 모습이 쉽게 눈에 띈다. 박물관들이 줄지어 있는 스페인풍 거리에서 매일 아침 운동삼아 뛸 수 있는 것은 샌디에고 주민만의 자랑거리이다.

미션의 보석, 미션 샌후안 캐피스트라노

'미션의 보석'으로 불리는 미션 샌후안 캐피스트라노(Mission San Juan Capistrano)는 스물한 개의 미션 중에 가장 유명한 미션으로 설령 미션에 대해 잘 알지 못하는 사람일지라도 그 이름을 알고 있는 곳이다. 이 미션에는 유명한 것이 하나 더 있다. 그것이 무엇이냐 하면 바로 강남 갔다 돌아오는 제비들이다. 수천 마리의 삼색제비 (cliff swallow)가 매년 3월 19일이 되면 이곳으로 찾아와 미션 지붕 아래 둥지를 틀고 산다. 그러다 시월이 되면 육천 마일이나 떨어져 있는 남아메리카로 날아갔다가 이듬해 봄이 되면 어김없이 다시 찾아 온다. 제비들이 돌아오는 날이면 샌후안 캐피스트라노의 작은 마을에는 수천 명의 사람들이 제비가 오는 것을 보려고 모여든다. 사람들은 제비가 돌아오는 날을 축하하면서 미션의 종을 울리며 페스티벌을 여는데 이 페스티벌을 시작한 지가 60년이 넘었다.

미션 샌후안 캐피스트라노. '미션의 보석'이라 불리우는 아름다운 미션이다.

한때 장대한 규모를 자랑했으나
지진으로 손실되어 현재 일부만 남아 있는 암석 교회.

1776년 7번째로 건립된 미션 샌후안 캐피스트라노에는 주목할 만한 건축물이 있는데, 바로 옆에 있는 암석으로 만든 거대한 교회로 현재 지진에 의해 손실되어 그 일부만이 남아 있다. 암석교회는 캘리포니아 미션 예배당 중에서 가장 장대한 건축물이었다고 한다. 암석교회는 뉴스페인(오늘날의 멕시코)에서 전문 석공을 초빙하여 1796년에 짓기 시작하여 9년에 걸친 대공사 끝에 완성되었다. 교회는 위에서 보았을 때 십자가 모양이었으며 교회의 규모는 길이가 60m, 넓이가 13m에 이르렀고 교회 정문 위에는 40m 높이의 높은 벽에 교회종이 달려 있어 아주 멀리 떨어진 곳에서도 교회의 종이 보였다고 한다. 당시에는 높은 건물도 없었으며 마을 인디언들이 살았던 움막집들이 들판에 옹기종기 모여있을 때였으니 암석교회의 장대함은 거의 압도적이었다고 할 만하다. 이 교회의 아치형 천정은 5층 건물의 높이였고, 7개의 돔을 가지고 있었다고 한다. 그러나 장대한 모습으로 우뚝 서 있던 암석교회는 그 온전한 모습을 단지 6년 밖에 간직할 수 없었다고 하니 안타깝다는 말 외에 달리 떠오르는 표현이 없었다.

1812년의 대지진에 거대한 암석교회가 무너지고 지금 눈앞에 남아 있는 일부를 보고 그 장려함을 상상할 뿐이다. 암석 교회 건물

경건함을 자아내는 미션 샌후안 캐피스트라노 예배당.

이 공식적으로 개관하였을 때 신부들은 이틀간에 걸쳐 축제를 열었고 알타캘리포니아의 주요인사들을 암석교회에서 열리는 첫 예배에 초대하였다고 한다. 미션 안에는 미션이 건립된 첫해에 만들어진 '세라의 교회'로 명명된 자그마한 예배당이 남아 있다. 이곳은 오늘날까지도 예배를 보는 곳으로 캘리포니아에서 가장 오래된 교회이다.

로스앤젤레스는 미국의 여러 도시 중에서도
우리에게 가장 친숙한 도시이다. 미국인들에게
로스앤젤레스하면 할리우드의 화려한 스타들과 영화,
비벌리 힐스의 고급 주택들, 넓은 바다와 서핑하는 사람
들, 다운타운의 고층 빌딩숲, 거미줄처럼 사방으로 뻗어
있는 고속도로 그리고 유니버설 스튜디오나 디즈니랜드
같은 테마파크가 있는 도시라고 말한다.

제 3 부
로스앤젤레스

다양한 인종이 만든 고유의 타운
녹슨 열쇠 꾸러미의 슬픈 사연, 미션 샌가브리엘
파사데나 헌팅턴 라이브러리와 로즈 퍼레이드
돼지 사육장에서 다시 미션으로, 미션 샌페르난도
할리우드와 비벌리 힐스 인근 지역
나무종이 걸린 유일한 미션 샌부에나벤추라
사막의 꿈과 신기루,
　　　캘리포니아 모하비 사막과 라스베가스

게티센터 전망대에서 바라 본
로스앤젤레스 다운타운의 고층빌딩가.

로스앤젤레스는 미국의 여러 도시 중에서도 우리에게 가장 친숙한 도시이다. 우리에게 로스앤젤레스하면 한국인들이 해외에서 가장 큰 코리아타운을 만들어 살아가고 있는 곳이라는 사실이 먼저 떠오른다. 그런데 미국인들에게 로스앤젤레스는 할리우드의 화려한 스타들과 영화, 비벌리 힐스의 고급 주택들, 넓은 바다와 서핑하는 사람들, 다운타운의 고층 빌딩숲, 거미줄처럼 사방으로 뻗어 있는 고속도로 그리고 유니버설 스튜디오나 디즈니랜드 같은 테마파크의 도시로 기억된다.

로스앤젤레스가 속해 있는 로스앤젤레스 카운티는 끝없이 펼쳐진 도시들의 연속이다. 세계에서 가장 넓은 도시지역이라는 명성에 걸맞게 어디에서 하나의 도시가 끝이 나고 또 다른 도시가 시작되는지 경계를 알 수 없을 정도로 서로 밀집되어 있다. 이렇다 보니 도시를 감싸고 있는 고속도로가 사통팔달의 거미줄같이 촘촘하게 도시 곳곳을 연결하고 있다. 로스앤젤레스는 동부의 뉴욕이나 보스턴에 비하면 빠른 시간에 발전을 이룬 신도시에 속한다. 도시는 사람들이 살기 위해 필요한 요소를 고루 갖추고 있을 때 성장할수 있다. 도시가 성장할 수 있는 조건에는 잘 조직된 정부기관, 도시에서의 이동을 쉽게 해주는 효율적인 교통망, 일자리, 살기 좋은 생활환경을 들 수 있다. 여기에 한 가지 더하자면 사람들이 사는데 활력소가 될 만한 재미있는 이벤트도 있어야 한다. 단언컨대, 로스앤젤레스는 이러한 요소들을 모두 갖추고 있는 수퍼시티이며, 전 세계가 도시 발전의 모델로 주목하고 있는 월드시티라 할 수 있다.

로스앤젤레스 시청 전경과
시청 앞에 세워진
자매도시들을 나타내는 표지판.

로스앤젤레스는 미국 내의 그 어느 도시보다도 다양한 인종이 함께 모여 사는 곳으로 백인, 히스패닉, 아시아인, 흑인 등 서로 다른 인종들이 모여살다보니 자연스레 다양한 문화가 어울리는 도시가 되었다. 최근 인종면에서 특히 주목할 만한 것은 히스패닉의 인구 비율이 급증하고 있다는 것이다. 히스패닉이란 스페인 정착민들의 후손이거나, 라틴 아메리카에서 온 이주민들, 부모나 할아버지, 할머니들이 멕시코로부터 이주한 사람들을 말한다. 히스패닉들이 사용하는 스페인어는 로스앤젤레스 뿐만 아니라 캘리포니아에서 제2의 언어가 되었으며 히스패닉들이 많은 일터에서는 영어와 함께 스페인어가 통용된다. 또한 2005년에는 비아라이고사가 로스앤젤레스 시장으로 선출되면서 130년만에 첫 라틴계 시장이 탄생했다. 이는 비아라이고사 시장 개인의 인물됨과 더불어 로스앤젤레스시 유권자의 약 30%를 차지하는 라틴계 이민자들의 힘을 보여준 일대 사건으로 평가되고 있다.

다양한 인종이 만든 고유의 타운

로스앤젤레스에는 여러 인종들이 모여 사는데 대부분은 언어와 정서가 비슷한 자기네 인종끼리 모여 고유한 타운을 형성하는 것이 보통이다. 서로 다른 인종들이 이루어놓은 타운을 찾아가보면 로스앤젤레스라는 다인종 도시를 이해하는 데 도움이 된다.

로스앤젤레스에서 가장 오래된 역사적 거리는 올베라 스트리트

로스앤젤레스에서 가장 오래된 거리인 올베라 스트리트 입구.

멕시코 인형을 걸어놓은 가게.

이다. 이곳은 히스패닉 커뮤니티가 자리잡은 곳으로 지금은 캘리포니아 주립역사공원으로 지정되어 있다. 가장 오래된 거리에 걸맞게 이곳에 가면 로스앤젤레스에서 최초로 생긴 호텔, 최초의 소방서 건물, 그리고 어도비 벽돌(진흙과 짚을 섞어 만든 벽돌)로 만들어진 유서 깊은 집을 볼 수 있다. 올베라 스트리트가 역사적 거리라 하여 지루한 곳은 절대 아니다. 오히려 남미의 정취가 흠씬 느껴지는 어깨춤이 절로 나는 흥겨운 곳이다. 구시가의 좁은 거리는 멕시코 토산품과 화려한 의상을 파는 작은 상점이 즐비하게 늘어서 있어 즐거울 정도로 번잡하며, 구경나온 사람들로 늘 활기에 차 있어, 한마디로 이국적인 남미의 장터 분위기를 만끽할 수 있는 곳이다. 어깨에 화려한 판쵸를 걸치고 둥그렇고 커다란 모자를 쓴 인심 좋아 보이는 멕시칸 아저씨들이 즉석에서 연주해주는 음악을 들으면서 홈메이드 또띠야와 타코 같은 음식을 먹을 수 있는 식당들도 골목 사이사이에 자리를 잡고 있다.

로스앤젤레스 시청이 있는 다운타운 바로 옆에는 일본 사람들의 마을인 리틀도쿄가 있다. 리틀도쿄에는 우동집과 규동집을 비롯한 일식당들, 사찰, 그리고 일본 정원들이 일본의 문화를 보여주고 있다. 미국에 살던 일본인들은 제2차 세계대전 당시 혹독한 고초를 겪었다. 그때 많은 고생을 한 일본인들이 전쟁 후 재기를 위해 로스앤젤레스에 정착하면서 살기 시작했는데, 이것이 현재의 리틀도쿄가 되었다. 리틀도쿄 한가운데에는 일본계-미국인 박물관(The Japanese American National Musenm)이 있어 초기 일본정착민들의 역사

차이나타운에 있는 중국절에서 사람들이 소원을 빌고 있다.

적 자료를 전시하고 있다.

리틀도쿄 바로 옆에는 미국 내에서 세 번째로 큰 차이나타운이 있다. 이 차이나타운은 1800년대 중반 철도 노동자로 중국에서 미국으로 이주해온 중국인들에 의해 처음 형성되었고, 그 후 많은 중국 사람들이 아메리칸 드림을 찾아 모여들면서 점차 발전하였다. 당연한 말이지만 차이나타운에 가면 중국냄새가 난다. 어딘지 모르게 북적북적거리며 신선한 야채를 파는 상점, 전통 의상을 걸어놓은 상점, 잡화를 길거리까지 늘어놓고 파는 상점들이 훌륭한 눈요기거리가 된다. 음력설이 되면 차이나타운의 거리에서는 중국 전통 용춤과 사자춤이 공연되며 명절을 축하하는 페스티벌이 열린다.

중국을 옮겨 놓은 듯한 차이나타운과 일본에 온 듯한 리틀도쿄를 사이에 두고 러시아, 에디오피아, 아르메니아, 그리고 영국 이민자들의 소규모 타운들이 자리하고 있어 로스앤젤레스가 다인종 도시임을 실감나게 한다.

한국 밖의 가장 큰 한국이라 불리
는 코리아타운(월서 센터, Wilshire
Center라고 불리운다)은 로스앤젤레스
의 다운타운에서 서쪽으로 3km 정
도 떨어진 곳에 위치해 있다. LA 코
리아타운을 중심으로 남부 캘리포
니아에 모여 사는 한국사람의 인구
를 100만 명 내외로 추산하니 그 규
모를 가히 짐작할 수 있다. LA의 코
리아타운은 1965년 한국 정부의 이
민규제가 완화된 시점을 시작으로
많은 한국 사람들이 더 나은 삶을
위해 미국으로 이민을 오면서 형성
되었다.

1. 한미수교 100주년을 기념하여 새운
우정의 종각 전경. 2. 한인 타운 나성
프라자 쇼핑몰.

'코리아타운'이란 명칭은 이 일대의 상점들을 주로 한국인들이
경영하면서 유래되었다. 이 지역은 본래 멕시코계 이민자인 라티
노들의 거주 밀집지역이었는데 한국인들이 경제력을 장악하면서
라티노계 주민들과의 갈등도 점점 커져가게 되었다. 그러던 것이
1992년 'LA 폭동'이 일어나면서 라티노와 흑인 폭도들이 한국 사
람들과 한국인이 운영하는 가게를 표적으로 삼아 방화와 약탈을
하는 사건이 발생하게 된다. 이 사건으로 많은 한국인들이 좌절을

겪었으며 LA 코리아타운을 떠나 북쪽의 샌페르난도 밸리나 남쪽의 오렌지 카운티로 이주를 하게 되었고 그 자리를 라티노계 멕시칸 주민들이 채우게 되었다. 그렇지만 원래 이 지역이 한국사람들이 기반을 잡았던 터인지라 지금도 주요 상권을 한인들이 잡고 있으며 거리의 많은 간판이 한글로 되어있어 친근한 느낌을 준다. 2000년대 들어와서 다시 한국사람들이 몰리게 되고 그 이후 한국에서 이민 오는 사람들도 한국어가 통용되고 일자리를 구하기 쉬운 코리아타운에 정착하게 됨에 따라 코리아타운은 다시 한번 중흥기를 맞이한다. 이제 LA의 한국인들은 그동안 이룩한 경제력을 바탕으로 상당수 한국 이민자의 2세들이 미국의 정치계 및 정부기관으로 진출을 시도하는 등 당당한 미국 주류사회의 일원으로 활약하고 있다.

녹슨 열쇠 꾸러미의 슬픈 사연, 미션 샌가브리엘

로스앤젤레스 북동쪽으로 약 16km 떨어진 샌가브리엘시에 미션 샌가브리엘(Mission San Gabriel Arcangel)이 있다. 이곳은 로스앤젤레스라는 도시의 역사가 시작되는 기원지이다. 1771년 샌가브리엘시가 생기기 전 이곳은 원래 가브리엘리노-통그바(Gabrielino-Tongva)라는 사냥과 공예에 재능을 가진 인디언 부족이 살고 있던 마을이었는데, 스페인에서 건너온 신부들이 이곳에 미션을 세우면서 대도시 로스앤젤레스의 역사가 시작된 것이다. 미션 샌가브리

미션 샌가브리엘에는 와인을 제조했던 곳을 보존해 놓고 있다.

엘로 캘리포니아에서 처음으로 오렌지 나무와 포도덩쿨을 들여와 재배하기 시작했는데, 이것이 로스앤젤레스 지역의 주요 농업의 근간이 되었다. 샌가브리엘 미션은 한때 캘리포니아 내에서 가장 넓은 포도밭을 일구었다. 지금도 미션에는 당시 와인을 만들었던 자체 와인공장의 바닥과 양조통이 그대로 간직되어 전시되어 있다. 당시에 제조된 와인은 주로 미션 내에서 사용되었으며 때론 약으로 쓰거나 다른 미션과 교역하는 데 쓰였다. 샌가브리엘 미션은 그 당시 다른 미션들의 농업, 문화, 그리고 정신적인 중심지로서 성장을 이루었으며 로스앤젤레스, 샌디에고, 산타바바라 지역의 다른 미션들이 안정될 수 있도록 많은 뒷받침을 했다.

샌가브리엘 미션을 찾아가면 보통의 미션과는 다른 모습을 보고 놀라게 된다. 외관이 거의 엇비슷한 다른 미션들에 익숙해 있어서

인지 샌가브리엘 미션의 독특한 건축양식은 새로운 매력으로 다가
온다. 이곳은 건축학적으로 유일하게 이슬람식 사원 모양을 하고
있다. 어떻게 로스앤젤레스에 세워진 가톨릭 미션이 이슬람 건축
양식을 갖추게 되었을까?

이 미션은 스페인의 코르도바에서 태어나 자란 신부 안토니오
그루자도(Antonio Gruzado)가 디자인 했다. 안토니오 신부의 고향에
는 유명한 코르도바(Cordova) 성당이 있다. 코르도바 성당은 원래 8
세기에 건립된 스페인 이슬람교의 중심 사원이었는데 후에 스페인
이 이슬람을 내몰고 가톨릭 제단을 이 회교 사원 안에 만들어 이슬
람 양식과 가톨릭교회가 공존하는 건축물이 되었다. 안토니오 신
부는 고향에 있는 이 코르도바 성당을 모델로 샌가브리엘 미션을
설계하였던 것이다. 오랜 시간과 대서양·신대륙이라는 공간적 한
계를 건너 뛰어 이슬람 사원 양식이 미국의 미션 건축에서 부활한
것이다.

미션의 외부는 튼튼한 요새를 연상시키는 두툼한 외벽으로 되어
있는 반면 내부는 미로같은 길을 따라 오밀조밀하게 꾸며져 있다.
미션의 안뜰에 난 작은 오솔길을 따라 보이는 건물들 안으로 들어
가보면 구석구석 아기자기하게 들여다 볼 거리가 많다. 미션의 박
물관에 전시된 것들 중에는 오래되어 녹이 슬고 낡은 열쇠 꾸러미
들이 있다. 이 열쇠 꾸러미에서 유난히 눈을 뗄 수 없는 것은 그것
에 얽힌 슬픈 사연 때문이다.

미션 시대에는 인디언 여자아이들이 여섯 살이 되면 더 이상 가

미션 샌가브리엘의 위엄있는 종탑의 모습.

족과 함께 살지 못하고 미션의 기숙사에 들어가 살아야 했다. 사랑하는 가족과 헤어지고 인디언 고유의 전통을 더 이상 배울 수 없게 되는 것이다. 주로 스페인 군인의 부인들이 인디언 여자아이들을 돌보면서 실을 잣는 법, 바느질과 베짜기 등을 가르쳤다. 아이들이 기숙사에서 도망가지 못하도록 또, 사사로이 남자들을 만나는 것을 금하기 위해 밤이 되면 기숙사 방문을 굳게 잠그고, 열쇠만을 관리하는 것을 직업으로 삼는 사람이 따로 있었다고 한다. 여자아이들은 열다섯 살이 되면 가톨릭교회의 신부로부터 결혼을 해도 된다는 허락을 받았고 결혼을 하면 기숙사 밖에 나가 살 수 있었지만 만일 결혼 후에 남편이 먼저 죽게 되면 다시 기숙사로 들어와 살아야 했다고 한다.

미션 생활을 하기 전에는 매일 씻던 인디언 여인들이 미션의 기숙사에서 생활하면서 전처럼 자주 씻지 못하게 되면서 불결한 위생 환경에 노출되었다. 그러다가 전염병이라도 돌게 되면 많은 사람이 함께 거주하는 기숙사의 특성상 병이 빠르게 퍼져나가 특히 여성 사망자 수가 급증하였다. 샌가브리엘 미션에서 살다가 병에 걸려 죽은 인디언들의 수가 육천 명에 이르렀는데, 이 숫자는 당시 미션에 살던 인디언들의 75%에 이른다. 당시 죽은 인디언들을 기리는 기념비가 미션의 정원 한쪽 구석에 쓸쓸하게 남아 있다. 이런 슬픈 사연을 모르는 방문객들은 그저 지나쳐 버리고 말 정도로 한 구석에 처연하게 서 있는 비석은 말로 다하지 못할 가슴 저미는 사연을 안고 세상을 떠났을 인디언 여인들의 애통한 한을 담고 있다. 그러나 무심한 세월이 흘러 모든 것이 옛이야기로 묻힌 오늘날 샌

미션 샌가브리엘의 한구석에 있는 인디언 추모비.

가브리엘시에는 해마다 9월이 되면 미션 건축을 기념하는 주민들의 축제가 열리고 있다.

파사데나 헌팅턴 라이브러리와 로즈퍼레이드

샌가브리엘 미션에서 아주 가까운 곳에 들러 볼 만한 명소가 있다. 바로 큰 규모를 자랑하는 헌팅턴 라이브러리(Huntington Library)이다. 이곳은 원래 철도 재벌인 헨리 헌팅턴의 거대한 저택이었는데 나중에 그가 지역사회에 기부한 곳으로 도서관, 갤러리, 그리고 식물원처럼 잘 꾸며진 넓은 정원으로 이루어져 있다. 도서관에는 영국작가 초서의 『캔터베리 이야기』의 필사본과 1501년 이전에 인쇄된 구텐베르크 성경이 있으며, 초기 셰익스피어의 희곡을 비롯 영국과 미국의 역사와 문학에 대한 희귀한 책들이 소장되어 있다. 갤러리에는 주로 18, 19세기 영국과 프랑스의 예술작품, 가구, 식기, 장식품 등이 진열되어 있다. 식물원을 연상케하는 넓은 정원에는 유럽풍의 장미정원, 대나무정원, 사막정원, 분재가 많은 일본정원, 중국정원이 있다. 특히 사막정원에는 사막에서만 볼 수 있는 진귀한 선인장 나무가 많다. 사막의 강렬한 태양 아래서 생존하는 선인장처럼 강한 식물이 또 어디 있으랴. 메마른 모래밭과 뙤약볕에 아랑곳하지 않고 굳건히 버티고 있는 선인장에서 가냘퍼 보일만큼 청초한 꽃들이 가느다란 줄기 위로 피어있는 모습은 참으로 아름답다.

분재로 꾸며 놓은 전통 일본식 정원.

희귀 사막식물을 볼 수
있는 사막 정원.

파사데나 로즈퍼레이드에 출품한 꽃마차.

라스베가스 탄생 100주년을 기념하여 로즈퍼레이드에 나온 꽃마차.

미국인들은 새해 첫날이 되면 텔레비전에서 생중계를 해주는 로즈퍼레이드를 시청한다. 로즈퍼레이드는 로스앤젤레스 인근의 파사데나라는 지역에서 열린다. 온 미국인들의 시선을 주목 시키는 이 행사는 117년 전부터 시작되었는데 처음에는 로스앤젤레스의 온화한 기후를 알리기 위해 장미퍼레이드 토너먼트를 개최한 것이 이 행사의 시작이었다. 퍼레이드에 참가하는 대형 꽃차는 기발한 아이디어가 담긴 다양한 주제로 꾸며지며 커다란 꽃차 전체를 꽃이나 과일, 씨앗으로 장식한다. 파사데나 사람들은 한 해가 저물어 가는 연말이 되면 함께 모여 새해를 장식할 꽃차를 만드는 일을 한다. 그리고 악대와 함께 행진하는 꽃차 퍼레이드를 보기 위해 전국에서 많은 사람들이 모여든다. 로즈퍼레이드는 인기가 좋아서 행사 당일 가까이서 잘 보기 위해서는 몇 달 전부터 예약을 해야 할 정도이다. 재미있는 것은 무릇 시간의 흐름에 따라 기존의 것을 비꼬는 패러디가 생겨나는데 로즈퍼레이드를 패러디한 '두다 퍼레이드' 가 등장한 것인데, 아름답고 우아한 로즈퍼레이드와 차별성을 보여 주는 위해 생긴 두다퍼레이드는 1월 중순경에 진행되는데 참가하는 사람들이 모두 우스꽝스럽고 기발한 복장을 하고 거리를 행진한다. 세상에는 아름다운 것만 존재하는 것이 아니라는 사람들의 외침, 못생기고, 뚱뚱하고, 기괴한 것들도 다 제몫이 있다는 것을 알리고자 하는 사람들의 자발적인 동참이 두다퍼레이드를 신나고 흥이 나게 만든다.

돼지 사육장에서 다시 미션으로, 미션 샌페르난도

미션의 아버지라 불리는 세라 신부가 세상을 떠난 뒤에 신부 라수엔(Lasuen)이 미션의 수장직을 이어 받았다. 라수엔 신부는 17번째 미션을 1797년 여름에 로스앤젤레스의 북쪽 샌페르난도 밸리에 완성하였는데 바로 미션 샌페르난도(Mission San Fernando Rey de Espana)이다. 미션은 깔끔하게 페인트칠이 되어있다. 잘 손질한 미션 앞 잔디 정원은 마치 단정하게 이발하고 잘 빼입은 신사의 풍모처럼 느껴져서인지 우리가 방문했을 때 미션의 정원에서 웨딩촬영을 하고 있는 예복을 입은 신랑의 이미지와 미션이 잘 어울린다는 생각이 들었다.

샌페르난도 미션에서 가장 인상적인 것은 캘리포니아에 현존하는 가장 큰 어도비 건물이기도 한 거대한 콘벤토(convento)였다. 콘벤토는 성직자들의 생활 공간을 지칭하는 것으로 보통 교회 옆에 붙어 있지만 유달리 이곳 미션에서는 교회 건물과 독립되어 있다. 길다란 콘벤토는 박물관으로 꾸며 놓은 여러 개의 작은 방으로 구성되어 있다. 방 하나를 나오면 또 다른 방으로 들어가는 문이 나오기 때문에 다음 방에는 어떤 것들이 있을까 하는 기대와 재미를 갖게 한다. 각 방마다 다량의 전시물들이 있어 기대를 저버리지 않는 곳이다.

수도사들이 사용했던 자그마한 서재에는 농업, 건축, 지리, 종교 등에 관한 책들이 많았다. 미션을 운영하기 위해서는 비단 종교적인 지식뿐만 아니라 미션을 건축, 보수하고 미션의 산업을 번성시

미션 샌페르난도의 깔끔한 잔디정원과 회랑.

미션 샌페르난도 박물관 전경.

키는 일에 이르기까지 다방면의 정보가 필요했을 것이기 때문이다. 불투명한 유리창을 통해 환한 햇살이 조용히 빛바랜 고서를 비추는 풍광을 보고 있자니, 그 당시 종교적 열정에 이끌려 먼 신대륙까지 와서 외롭고 힘든 미션 생활을 했을 나이 든 수도사가 햇살이 드는 이 어두운 방안에서 책을 읽으며 기도했을 모습이 떠오른다. 잠시 시대를 초월한 감상에 젖어볼 수 있는 곳이다.

1832년 미션이 세속화되고 얼마 되지 않아 이 지역에선 금이 발견되어 금을 찾는 사람들로 넘쳐났다. 미션 안에 금이 숨겨져 있다는 루머가 돌아 미션은 바닥까지 파헤쳐질 정도로 파괴되었다. 한때의 거대한 콘벤토는 안타깝게도 나중에 돼지 사육장으로 쓰였다고 한다. 물론 지금은 다시 옛모습을 복원해 놓았으며 돼지 대신에 갖가지 전시물들로 가득 채워져 있다. 샌페르난도 미션은 지리적으로 할리우드와 가까워 영화 촬영지로 애용되기도 한다.

할리우드와 비벌리 힐스 인근 지역

할리우드하면 산 위에 세워진 하얀색의 할리우드(Hollywood)란 글자의 사인판이 먼저 떠오른다. 원래 이 사인판은 1922년에 한 부동산 회사가 이 지역의 부동산 광고를 목적으로 만든 것이었는데, 오늘날에는 영화의 메카인 할리우드의 트레이드 마크가 되었다. 이 사인판은 할리우드 거리를 걷다 보면 높은 건물들 사이로 보이기도 하고, 코닥극장 옆 하이랜드 쇼핑몰에 가면 이 사인판을 잘 볼 수 있는 전망대도 있다. 또한 그리피스 천문대가 있는 산 위에서도 잘 보인다. 할리우드 산에 맨 처음 세워졌던 오리지널 할리우드 사인판은 2005년 인터넷 경매사이트인 e-Bay를 통해 4억 5천만 원에 팔렸다고 한다.

사실 1900년도 이전의 할리우드는 감귤류를 재배하는 농장지역이었다. 그러던 것이 1911년 최초로 모션픽쳐 스튜디오가 세워진 이래로 20세기 전반 영화의 역사는 거의 할리우드에서 이뤄졌다고 해도 과언은 아니다. 겨울에도 영화 촬영이 쉬운 따뜻한 기후로 영화 제작자들은 잇따라 할리우드로 모여들었고 이곳의 인구도 10년 사이에 5배로 급증하였다. 할리우드는 수많은 스타를 만들어낸 꿈의 거리가 되었으며 또 하나의 아메리칸 드림이 되었다.

쭉 뻗은 할리우드 대로에는 스타들의 이름이 새겨진 1800개의 황금색 청동별이 길거리에 장식되어 있다. 발 아래 펼쳐진 유명 스타들의 이름을 밟지 않게 요리조리 피하면서 걷다가 좋아하는 스타의 이름을 발견하면 금이라도 발견한 듯이 기뻐하며 사진을 찍는 사람들을 볼 수 있다. 그러니 이런 별자리 동판을 가져가고 싶은 사람도 생기게 마련인가 보다. 사실 가끔 밤중에 별자리 동판의 시멘트를 톱으로 절단하여 훔쳐가는 사건이 발생하기도 한다고 한다. 별자리 하나의 가격은 약 700만 원 정도 한다고 한다. 명성의 거리로 불리는 이곳은 관광객들로 항상 북적이며 엘모나 인크레더블, 스타워즈, 피오나공주, 헐크 등 영화 속 캐릭터 분장을 한 사람들이 돌아다니며 원하는 관광객과 멋진 포즈로 사진을 찍어준다.

멋진 포즈로 사진을 함께 찍어 준 캐릭터들은 애교스럽게 1불 정도의 팁을 요구한다. 그런데 이들의 주말 하루 수입이 몇백 불까지 된다고 하는데 합법적인 일은 아닌지 한번은 캐릭터 분장을 한 사람들이 관광객들에게 무리하게 팁을 요구하는 것을 방지하기 위하여 프랑스 관광객처럼 꾸민 경찰 단속에서 적발된 캐릭터들이 현장에서 체포되는 일도 있었다.

중국 사원풍의 건물인 차이니즈극장 앞 바닥에는 스타들의 손도장, 발도장이 찍혀 있다. 자기가 좋아하는 스타들의 이름 앞에서 사진 촬영을 하려는 사람들로 극장 앞은 항상 붐빈다. 차이니즈극장 바로 옆에는 매년 아카데미 영화제가 열리는 코닥극장이 있다.

수백 개의 팬시한 빌보드 광고와 새로운 음악 앨범과 영화 광고판의 현란한 거리를 지나면 비벌리 힐스 입구를 알리는 표지판이 나온다. 여기서부터는 쾌적하고 조용한 동네로 대부분의 집들이 아름드리 큰 나무로 둘러싸인, 그래서 밖에서는 안이 잘 안보이는 대형 주택가가 나온다. 유명 스타들이 많이 사는 곳이라서 찾아오는 관광객들을 상대로 유명 스타들의 집이 표시된 지도를 팔기도 하고 심지어는 차를 타고 스타들의 집 주변을 둘러보는 투어도 있다. 비벌리 힐스 근처에는 유럽 분위기가 물씬나는 로데오 거리가 있다. 로데오 거리 중앙에는 꽃으로 장식된 분리대가 있고 포석이 깔린 양쪽 길에는 명품 상점들이 즐비하게 늘어서 있다.

비벌리 힐스와 맞닿아 있는 곳에 미국 내에서 뿐만 아니라 한국

1)

2)

3)

1. 할리우드 거리에 있는 차이니즈극장.
2. 차이니즈극장 앞 바닥에는 스타들의 손도장, 발도장이 찍혀 있다.
3. 매년 아카데미 영화제 시상식이 열리는 코닥극장.

1. 세계적인 명품점들이 밀집해 있는 유럽풍의 로데오 거리.
2. 로마네스크 스타일의 UCLA 대학건물.

2)

에도 잘 알려진 명문대학 UCLA가 있다. UCLA의 아름다운 캠퍼
스는 한국에서 방영된 바 있는 드라마 '러브스토리 인 하버드'의
촬영장소가 되기도 했다. 1919년에 세워진 UCLA의 캠퍼스는 유
럽의 로마네스크 건축양식의 건물들과 함께 넓고 아름다운 정원을
가지고 있으며, UCLA 주변 대학가인 웨스트우드는 젊음의 에너
지가 충만한 밝고 싱그러운 곳이다. UCLA는 다수의 노벨상 수상
자를 배출했으며 국립과학원이나 학술원에서 활동하는 훌륭한 교

126

수진을 갖추어 학문적인 성과면에서도 매우 수준 높은 대학이다.

할리우드에서 선셋대로(Sunset Blouvard)를 따라 서쪽으로 가면 산타모니카 국유림의 산자락에 위치한 장 폴 게티 센터(Jean Paul Getty Center)가 나온다. 미국의 기업가이자 '게티 석유' 회사의 창업자 장 폴 게티가 평생 모은 재산을 기부하여 로스앤젤레스 시민들을 위해 만든 미술관이다. 예술을 사랑했던 게티는 LA 시민의 교육과

게티 미술관 안에 있는 노천카페.

파머스 마켓의 상징인 시계탑.

여가를 위해 미술관을 세우고 그리스 로마 시대의 미술품부터 현대 인상파의 그림까지 다양한 종류의 컬렉션을 전시하였다. 그의 사후에 그가 게티 재단에 기부한 전 재산을 활용하여 1997년 로스앤젤레스시가 굽어보이는 현재의 위치에 캘리포니아에서 가장 훌륭한 미술관 중의 하나인 장 폴 게티 센터가 개관된 것이다. 현재 게티 센터에는 고대 그리스 로마시대의 미술품을 비롯하여 14세기 초기 르네상스 미술품 그리고 19세기 유럽의 인상주의 그림들까지 다양한 종류, 최상의 작품들이 전시되어 있다. 또한 매번 새로운 기획과 전시를 통해 LA 시민들의 문화적 욕구를 충족시켜주고 있다.

할리우드 인근에 미국 내에서 가장 유명한 파머스 마켓 중 하나인 'LA 파머스 마켓(Farmer's Market)'이 있다. 이 마켓은 1934년 로스앤젤레스 근교 농부들이 자신들이 기른 농작물을 트럭에 싣고 와서 소비자들에게 직접 팔았던 것을 시작으로 아서 길모어(Arthur Gilmore)란 사람이 이곳에 자동차 경주장, 야구장 등을 만들면서 이곳이 LA 사람들의 쇼핑과 오락의 장소가 되어 점점 많은 시민들이 이용하게 되었다. 그 후 이곳은 농산물뿐만 아니라 도자기, 의류, 가구 등을 파는 종합쇼핑센터가 되었으며 로스앤젤레스에서 가장 사랑받는 쇼핑센터가 되었다. 이 당시 LA 사람들에게는 "파머스 마켓에서 만나요"라는 말이 하나의 관용구가 될 정도였다 한다. 1990년대 길모어 회사는 파머스 마켓 바로 옆에 LA의 가장 유명한 쇼핑센터 중의 하나인 그로브(Grove)몰을 만들었다. 70년이 지난 지금도 파머스 마켓에 가면 처음 세워질 당시의 소박하고 넉넉

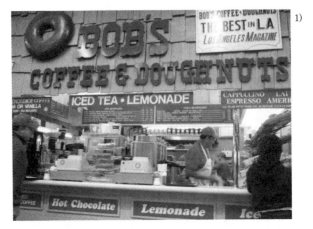

1. 파머스 마켓 안에 있는 LA에서 가장 맛있는 도넛집으로 선정된 밥스 도넛 가게
2. 그로브몰의 크리스마스트리 장식. 로스앤젤레스에는 눈이 내리지 않기 때문에 크리스마스 때는 인공눈을 뿌려 분위기를 돋운다고 한다.

야자수길이 아름다운 산타모니카 해변.

한 분위기를 즐길 수 있다.

할리우드에서 서쪽으로 십분 정도 가면 산타모니카의 드넓은 해변이 내려다 보이는 언덕에 이른다. 언덕 위에서 아래를 바라보면 시원하게 탁 트인 넓은 바다가 펼쳐져 있고, 1909년에 세워진 유명한 산타모니카 부두의 주위에는 회전목마와 회전수레 같은 놀이시설이 있어 LA 시민들의 훌륭한 놀이공원이 되고 있다. 언덕 위에는 아름드리 큰 야자수 길이 잔디밭 산책 위로 그늘을 드리며 늘어서 있다. 해변 건너의 다운타운 중심가는 많은 사람들이 찾는 젊음의 거리로 길거리 예술가들도 한껏 흥을 더해 주는 곳이다.

나무종이 걸린 유일한 미션 샌부에나벤츄라

로스앤젤레스에서 101번 고속도로를 타고 북쪽으로 한 시간 가량 가면 평온하고 작은 해안가의 농촌 도시인 벤츄라시가 나온다. 이곳은 츄마시(Chumash)라는 인디언 부족들이 살던 곳이었는데 나중에 벤츄라 미션(Mission San Buenaventura)이 생기고 미션의 이름을 따서 벤츄라시가 되었다. 벤츄라시의 다운타운은 어느 식당이나 상점이든 활기찬 분위기를 띠고 있다. 거리의 많은 앤티크 숍들에 전시된 고가구, 희귀 서적, 고풍스러운 소품들이 보는 이의 눈길을 사로잡는다.

성인들의 조각상과 250년 전에 제작되었던 유화 '십자가의 길 (Stations of Cross)'을 소장하고 있어 더욱 유명한 벤츄라 미션은 1782년에 건축된 9번째 미션이다. 나중에 캘리포니아가 미국의 영토가 되고 난 후에 가톨릭교회가 되었는데 불행히도 한 신부가 벽에 그려진 인디언들의 아름다운 그림들을 다 덮어버리고 초기의 작품이나 물건들을 모조리 없애버렸다고 한다. 그리하여 지금은 어도비 벽과 문 하나만이 옛날 모습 그대로 남아 있을 뿐이다.

벤츄라 미션은 전체적으로 새하얀 벽면에 진한 초콜릿색으로 테두리를 둘러 놓아 깔끔하지만 인공적인 느낌이 강하게 난다. 미션에는 나무로 만든 오래된 종이 걸려 있는데 쇠로 만든 종을 쓰지 않은 유일한 미션이었다고 한다.

미션 안에는 벤츄라시에서 가장 오래된 건축물인 아치형 모양의

화사한 오후,
새하얀 벤츄라 미션의 전경이 눈부시다.

지붕에 꼬마 벽돌을 붙여서 만든 물탱크가 있다. 미션이 처음 자리 잡을 때 강에서 좀 떨어져 있는 인디언 마을을 골랐던 탓에 미션 안으로 물을 끌어들이는 것이 중요한 일이었다. 배수구를 파서 강물을 끌어들이고 댐을 건설해 미션으로 물이 흐르게 하여 미션 안에 만들어 놓은 물탱크에 물을 저장하였고, 탱크 안의 물은 돌로

1. 벤츄라 미션의 정원.
2. 현재까지 남아 있는 엘카발로 물탱크. 후에 감옥으로 사용했다고 한다.

된 말머리 모양의 배수관을 통해 나오게 만들어졌다. 그래서 이 물
탱크는 말이란 뜻을 가진 '엘카발로(el caballo)'로 불려지게 되었다.
그런데 나중에 큰 홍수로 배수로가 무너지고 더 이상 물탱크의 구
실을 못하게 된 빈 물탱크는 감옥으로 썼다고 한다. 원래가 조그마
한 물탱크였기에 많은 사람을 수용하지는 못할 만한 크기의 감옥

이 제구실을 했을까 하는 생각이 든다. 아마도 스페인 방식에 따르지 않거나, 도망쳤다 잡혀 들어온 인디언들이 간혹 갇혀있던 것이 아니었을까 라는 생각을 해본다. 현재는 아쉽게도 말머리 모양은 사라지고 남아 있지 않다.

벤츄라 미션에 살았던 인디언들은 다른 미션의 인디언들보다 상대적으로 더 많은 자유를 누렸다고 한다. 일반적으로 미션에서는 인디언들에게 스페인의 생활방식을 따르게 하고 인디언의 전통문화를 금하였지만 벤츄라 미션에서는 그들에게 전통을 공개적으로 답습할 기회를 주었고 또 미션을 나가 마을을 가끔 방문할 수도 있게 했다고 한다. 그래서인지 미션 안에 있는 분수에는 조각된 곰상을 볼 수 있다. 인디언들에게 있어 가톨릭 성자보다 더 중요했던 동물인 곰을 장식으로 새겨 넣은 것은 당연한 일이지 않겠는가.

사막의 꿈과 신기루,
캘리포니아 모하비 사막과 라스베가스

캘리포니아에서 네바다주로 넘어가면 바로 나오는 라스베가스는 인간이 만든 인공미의 절정을 보여주는 도시이다. 매년 전 세계에서 5000만 명의 관광객이 방문하며 미국인들이 휴가기간 중 가장 가보고 싶어하는 도시 중 1위로 카지노 뿐만 아니라 첨단의 무대쇼와 엔터테인먼트의 절정을 보여준다. 프레몽 (Fremont)거리로

세계적으로 분수쇼가 유명한 벨라지오 호텔의 밤 야경.

대표되는 구시가는 조금 쇠락한 듯하지만 인간적인 정감이 느껴지는 곳이다. 영화 '라스베가스를 떠나며(Leaving Las Vegas)'에서 삶에 절망한 주정뱅이로 나오는 니콜라스 케이지가 술병을 들고 걸어나올 것 같은 분위기의 거리에는 전 세계에서 온 수많은 관광객들이 북적거린다. 200만 개의 전구로 꾸민 프레몽거리의 거대한 천정 스크린은 우리나라의 LG전자에서 만들었다는데, 밤이 되면 매시간마다 화려한 영상쇼가 펼쳐진다. 그리고 구시가의 남쪽에는 MGM, 벨라지오, 뉴욕뉴욕 호텔 등 세계적인 명성의 호텔이 밀집해 있는 신시가(일명 '스트립(The Strip)'이라 불리운다)가 나온다. 이 신시가의 4km에 이르는 도로는 전 미국에서 가장 멋진 드라이브 코스 중 하나로 알려져 있다. 라스베가스 호텔은 규모도 엄청나서

자유의 여신상이 서 있는 호텔 뉴욕 뉴욕.

프레몽거리의 화려한 전구쇼.

MGM 호텔의 객실 수는 5000개가 넘어서 서울에 있는 특급호텔의 객실 수를 전부 합친 것보다도 많다고 한다. 가령 방금 태어난 아이가 객실을 매일 옮기면서 하룻밤을 잔다고 했을 때 전 객실을 다 돌고나면 16세가 된다고 한다. 이와 같이 매일 화려한 라스베가스의 밤을 위해 사용되는 전력의 소비도 엄청나서 인구 43만 명의 라스베가스 하루 전기 소비량이 인구 7만 명의 도시에서 1년간 사용되는 양이라 하니 그 규모를 짐작할 만하다.

캘리포니아 사막을 따라 가는 길은 따뜻한 날 창가에 기대어 꾸는 백일몽과 같이 아득하면서 몽환적이다. 가도가도 끝없이 펼쳐진 모하비 사막에는 온갖 다양한 종류의 사막식물이 기기묘묘한 자태를 뽐내며 마치 다른 행성에 온 것 같은 분위기를 만들어 낸다. 로스앤젤레스에서 출발하여 이렇게 사막을 따라 4시간을 달리면 사막 한가운데 거대한 신기루처럼 라스베가스가 모습을 드러낸다. "사막이 아름다운 것은 오아시스가 있기 때문이다"라는 어린 왕자의 말처럼 캘리포니아 모하비 사막이 아름다운 여러 가지 이유 중 하나는 사막의 끝에 라스베가스가 있기 때문일 것이다. 자연이 빚은 웅장하고 장대한 장관이 모하비 사막이라면 그 한가운데 우뚝 서 있는 라스베가스는 인간이 만든 장엄하고 위대한 작품이라고 할 것이다.

로스앤젤레스로부터 140km
북서쪽으로 떨어진 곳에 자리잡은
산타바바라시는 유려한 곡선의
아름다운 해안선 때문에
'미국의 리비에라(American Riviera)' 라 불리운다.

제 4 부

산타바바라

미션의 여왕, 미션 산타바바라
미국 속 덴마크 마을, 솔뱅
초록색의 아름다움, 미션 산타이네츠
꽃과 포도밭이 펼쳐진 들판
우거진 수풀 속에 감춰진 미션 라프리시마
레이건 대통령과 닉슨 대통령 기념관

산타바바라 법원 건물 위에서 본 시내 전경.

로스앤젤레스에서 140km 북서쪽으로 올라가면 산타바바라시가 나온다. 산타바바라시는 유려한 곡선으로 이루어진 아름다운 해안선을 가진 전통과 기품이 배어있는 멋진 도시로 '미국의 리비에라(American Riviera)' 라고 불리기도 한다. 흔히 풍수에서 말하는 배산임수의 명당조건을 두루 갖추고 있는데 도시의 뒷편으로 산타이네츠 산맥에서 뻗어나온 높은 산봉우리들이 드라마틱하게 솟아있는 모습이 얼핏보면 우리나라 영암 월출산의 바위산과도 비슷하다. 장쾌하고 위엄있는 굵직한 선의 산봉우리들이 도시 뒷편을 감싸안고 있어, 그 안에 사는 사람들을 보호해 주고 있는 형상이다. 또한 시의 앞쪽으로는 탁 트인 태평양이 햇빛에 반사되어 반짝이고 해안에서 보는 잔잔하고 은은한 태평양은 솜이불같은 포근함을 선사하여 병풍을 두른 듯한 산과 쪽빛 바다가 잘 어우러진 근사한 곳이다. 이렇듯 산은 산대로, 바다는 바다대로 사람들에게 위안을 주는 아늑한 곳이 산타바바라이다.

산타바바라시가 아름다운 이유는 자연적인 요소도 있지만 아름다움을 지키고 가꾸기 위한 인간의 노력도 큰 몫을 차지한다. 일례로, 산타바바라시는 도시 전체의 이미지를 일관되게 유지하기 위해 엄격한 건축 규제를 하고 있다. 일반 주택을 비롯하여 상가나 공공건물 등은 하얀색 벽과 붉은 기와지붕을 고수한 스페니쉬 스타일로 지어져 있다. 이러한 스타일의 건축은 이제 산타바바라시의 트레이드 마크가 되었다. 다른 도시들과는 다르게 산타바바라시로 진입하는 고속도로는 초입에서부터 산타바바라시를 벗어나는 30km에 이르는 구간 동안 빌보드 광고를 전혀 찾아 볼 수 없다. 인공적이고도 도시적인 면을 가능한 제거하고 온전하게 자연을 보호하려는 취지에서이다. 심지어는 상업용 간판의 글자도 정해진 규격에 맞추어 사용해야 할 정도로 까다로운 규제를 하지만, 이러한 세심한 노력은 산타바바라시를 아름다운 지중해풍의 전원적인 휴양지로 자리잡게 하는데 공헌했으며 많은 관광객들을 불러들이는 요인이 되었다. 또한 산타바바라는 할리우드 스타들과 유명인들이 선호하는 은식처로도 알려져 있는데, 그래서 영화배우, 음악가, 운동선수 등의 별장과 농장이 산타바바라에 많다.

산타바바라시에는 18세기 스페인 개척자들에 의해 처음 유럽인의 마을이 생길 때 세워진 성채와 같은 역사적인 건축물과 미술관, 박물관 같은 문화, 예술적인 공간이 많은 것이 특징이다. 또한 시내에 있는 법원 건물은 미국 서부에서 가장 아름다운 공공건물로 꼽힌다. 엘리베이터를 타고 법원 건물의 옥상으로 올라가면 산타바바라 시가지 풍경을 한눈에 볼 수 있다. 시 전체에 고층건물이 없어서 고만고만하게 보이는 시가지는 이탈리아 피렌체와 흡사하

서부에서 가장 아름다운 공공건물인 산타바바라 법원.

다. 붉은 기와지붕들 사이로 푸른 신록이 잘 조화되어 있는 평화로
운 도시 끝으로는 태평양이 보인다.

　태평양으로 뻗어 있는 산타바바라 부두에는 맛있는 클램차우더
스프와 신선한 게를 파는 식당들이 있다. 그리고 부두에서 통통배
를 타고 가까운 바다로 나가면 미끈한 몸매의 바다사자들이 서로
몸을 비비면서 햇빛을 받으며 한가로이 낮잠을 즐기는 모습을 가
까이서 볼 수 있다. 또한 해변의 모래사장은 행위예술가들이 작품
을 만들어 전시하기로 유명한 곳으로 이곳에 가면 자발적인 작품
감상료를 원하는 사람들이 만든 멋진 모래조각상들도 이따금 볼
수 있다. 또한 예술가들과 자원봉사자들이 뜻을 같이하여 의미있
는 메시지를 전달하기 위한 공간으로 쓰기도 한다. 근래에는 이라

이라크 전쟁에서 전사한
군인들의 이름이 새겨진 십자가가
산타바바라 해변 모래밭을 수놓고 있다.

해변의 야자수가 우거진 잔디밭.
화가들이 파라솔 아래
그림을 걸어 두고 손님을 기다린다.

크 전쟁에서 희생된 미군들의 이름을 새긴 작은 십자가를 모래밭 위에 가지런히 꽂아 전시하고 있다. 실제로 전쟁에서 희생된 군인들의 가족이나 친구들이 이곳에 찾아와 십자가에 꽃을 두고 가기도 한다. 자원봉사자들은 전쟁이란 명분하에서 희생된 사람들에 대한 의미를 다시 생각해보자는 메시지를 전하며 밤이 되면 십자가 앞에 촛불을 밝힌다. 해변에 밤이 깊어오면 모래사장에 수천 개의 십자가 불을 밝힌 광경은 숙연함을 자아낸다.

바다가 보이는 해변 잔디밭에는 주말이면 이름없는 화가들이 큰 파라솔 아래로 그림을 들고 나와 손님을 기다린다. 순식간에 해변의 파라솔 미술관이 탄생한다. 기계적 프린트 작업을 거친 명화를 사는 것보다는 비록 해변에 그림을 걸어 두고 손님을 기다리는 무명화가일지라도 시간을 두고 다듬고 고쳐 한 장의 그림에 화가의 사상과 노력, 정성이 들어 있는 그림을 사는 것이 생명력 있는 살아 있는 그림을 구매하는 것이란 생각이 든다.

해변 가장자리를 따라 8km에 이르는 야자수 우거진 길을 거닐면 한편으로는 다운타운의 멋진 건물들이 보이고, 또 반대쪽으로는 푸른 바다가 펼쳐져 있다. 근처에서 대여해 주는 지붕 달린 자전거를 타면서 시원한 바닷바람을 맞으며 달리다 보면 마음이 저절로 너그러워져 처음 보는 사람들과도 선한 웃음을 스스럼없이 건넬 수 있을 정도로 마음이 편해지는 곳이다. 이처럼 아름다운 산타바바라시의 바다가 내려다 보이는 언덕 위에는 산타바바라 미션이 있다.

미션의 여왕이라 불리는 산타바바라 미션의 전경.

미션의 여왕, 미션 산타바바라

산타바바라 미션(Mission Santa Barbara Virgen y Martir)은 1786년에 설립된 10번째 미션이다. 산타바바라 미션은 그 자태가 매우 아름다워 '미션의 여왕'이라는 영예로운 별칭을 얻었다. 캘리포니아에 있는 21개의 미션 중에는 여성의 이름을 따서 지은 미션이 4곳 있는데, 성녀 바바라의 이름을 딴 산타바바라 미션도 그 가운데 하나이다. 미션은 그리스-로마 건축양식으로 지어졌으며 핑크빛 톤을 띠는 우아한 미션으로, 마치 여왕의 옷차림처럼 화려함이 인상적인 곳이다. 고귀한 여왕의 신분처럼 미션은 높은 언덕에 위치하고 있다. 그래서 미션의 회랑에 서면 산타바바라 바닷가 마을이 내려

1. 화려한 색채가 돋보이는 미션 산타바바라 예배당.

2. 미션 내부에도 아름다운 조각상들이 많다.

다 보인다.

당연한 일이겠지만 스페인에서 건너온 수도사들은 건축에 대해 잘 알지 못했다. 그러나 가톨릭 전파를 위해 캘리포니아라는 낯선 땅에 온 이상 부족한 인력과 장비로 어떻게든 미션을 건축해야 했고, 수도사들은 관련 책을 찾아가면서 힘겹게 설계하고 건축하여 드디어 아름다운 산타바바라 미션이 생겨났다. 미션 건물 양쪽 두 개의 탑을 올리는데 자그마치 5년이 걸릴 정도로 공을 들였다. 캘리포니아의 21개 미션 중 유일하게 산타바바라 미션만이 설립 당시부터 지금까지 항상 신부가 거주하면서 미션을 관리하고 미사를 집전해 왔다고 한다. 그렇기 때문에 지금처럼 좋은 상태로 미션이 보존되어 올 수 있지 않았을까 하는 생각이 든다.

미션의 여왕이라 불리는 수려한 외관의 미션에서도 역시나 인디언들의 삶은 그리 수월하지 않았던지 다른 미션에서 보다 산타바바라 미션에서 뛰쳐나온 도망자 수가 제일 많았다고 한다. 인디언의 전통문화를 억누르고 스페인 방식에 따라 살아야 하는 미션 생활에 적응하지 못하고 마을로 도망치는 인디언들이 많아지자 수도사들은 인디언들을 미션 생활에 더 잘 적응시키고 도망자 수를 줄이기 위한 고육지책으로 친구나 가족들을 미션 안으로 초대하여 만날 수 있게 허락해 주기도 했으나 미션에 찾아온 마을의 인디언들은 개종한 인디언들이 미션에서 너무 다른 방식으로 살아가는 것을 보고 그들의 고유한 삶의 전통이 사라지는 것을 우려하여 오히려 전통을 잊지말고 살아줄 것을 당부하였다. 이와 같은 이유에

상점과 레스토랑이 즐비한 다운타운의 파세오누에보 쇼핑가 입구.

서인지 아무리 수도사들이 없애려 했던 인디언들의 전통문화와 그들 삶의 도구들은 살아남아 오늘날까지 전해져 온다. 산타바바라 미션 박물관에는 당시 이 지역에 거주했던 츄마시 인디언들의 손길이 남아 있는 각양각색의 바구니 공예품이 전시되어 있다.

미션을 따라 내려가면 산타바바라 시내의 중심도로인 스테이트 거리(State Street)가 나온다. 유럽풍의 카페, 음식점, 갤러리, 그리고 고급 부티크 등 화려하면서도 기품있는 모습의 거리가 산타바바라의 이미지를 대변하고 있다. 시내에서 유명한 쇼핑센터는 파세오누에보(Paseo Nuevo)이다. 입구에 세워진 태양 모양의 장식과 분수가 인상적인 곳이다. 쇼핑센터 안에는 고급 백화점과 노천 카페, 음식점, 아이스크림 가게 등이 골목 사이사이로 멋지게 자리잡고

산타바바라 스테이트 거리. 캘리포니아를
상징하는 깃발이 보인다.

있어 유럽풍의 낭만을 선보인다.

파세오누에보 쇼핑센터를 나와 스테이트 거리를 따라 바닷가쪽으로 난 길을 따라 걸으면 아이리시 스타일의 펍(Pub)과 미국식 스타일의 바(Bar)가 즐비하게 있다. 피시 앤 칩스(Fish and Chips)를 안주로 아일랜드식 흑맥주를 맛있게 들이키며 담소를 나누는 사람들의 모습은 목마른 나그네의 발길을 유혹한다. 산타바바라시는 도시의 여러 가지 모습이 아기자기하게 어울어져 다양한 재미와 즐거움을 준다. 또한 중부 캘리포니아 최고의 명문대학인 캘리포니아 주립대학이 자리잡고 있어 약 이만 명의 대학생들이 뿜어내는 젊음의 싱그러움과 열기가 도시에 활력을 더해 주고 있다.

미국 속 덴마크 마을, 솔뱅

산타바바라에서 101번 도로를 따라 70km 정도 북쪽으로 올라가면 덴마크 마을 솔뱅(Salvang)이 나온다. '해가 비추는 들판'이란 뜻을 가진 솔뱅은 1911년 덴마크에서 이주한 사람들에 의해 처음 생긴 데니시-아메리칸의 정착지이다. 덴마크 교육자들이 학교를

솔뱅의 상징인 풍차가 있는 거리, 마치 덴마크의 어느 마을에 온 듯한 착각이 든다.

짓기 위해 장소를 물색하다가 정한 곳이라고 한다. 이민 초기 덴마크에서 건너온 사람들 중에는 목수와 장인들도 있어 이들은 새로운 땅 솔뱅에 짓는 집, 학교, 호텔, 관공서 등의 건물들을 모두 덴마크식으로 지었다. 덕분에 주변의 다른 도시들과는 확연히 다른 분위기로 미국 전역 뿐만 아니라 전 세계에서 연간 이백만 명 정도의 관광객이 찾는 매력적인 관광도시로 발전하였다. 솔뱅의 주민들은 덴마크의 전통과 문화유산을 잘 유지해하는데, 일례로 집들과 농장의 지붕 위에 황새를 장식해 놓았다. 덴마크 전통에 따르면 황새 장식이 행운을 가져다 준다고 믿기 때문이란다. 또한 옛날식의 가스램프가 다운타운을 장식하고 있으며 상점 주인들은 덴마크 고유의 의상을 입고 손님을 맞는다. 말이 끄는 마차가 거리에 돌아

다니고 빵집 앞을 지나면 구수하고 달콤한 덴마크식 패스트리 냄새가 코를 자극한다. 거리에는 아기자기한 기념품과 로얄 코펜하겐 도자기, 덴마크 민속 의상을 입은 인형들을 파는 기념품 가게가 많다. 마을 초입에는 커다란 풍차가 보이고 마을 전체가 꽃으로 장식된 동화 나라 같다. 500명이 넘는 솔뱅의 주민은 주로 농업이나 관광업에 종사하고 있다. 솔뱅의 중심가 바로 옆에 미션 산타이네츠가 자리하고 있다.

초록색의 아름다움, 미션 산타이네츠

1800년대 초까지 캘리포니아에 모두 18개의 미션이 건립되면서 미션은 번영시대를 이루며 계속 세를 확장해 갔다. 1804년 19번째 미션 산타이네츠(Mission Santa Ines Virgen y Martir)가 산타이네츠강 근처, 지금의 덴마크 마을 솔뱅에 세워졌다. 단아하고 자그마한 미션은 물론 덴마크 스타일이 아닌 캘리포니아 미션의 전통을 이어 받은 소담한 미션이다. 작은 기념품점을 통해 미션 안으로 들어서면 미니 박물관이 있는데 이곳에는 신부들이 미사 때 입던 의상들이 시대별, 국가별로 전시되어 있다. 유물 전시관을 지나면 미션의 예배당이 나온다. 예배당의 천정은 반듯한 일자형으로 되어 있고, 장식없는 단순한 아치형의 창문이 양쪽 벽을 따라 나란히 나 있다. 창을 통해 빛이 들어오고 있었지만 길다란 미션 내부를 밝히기엔 미약해 보였다. 아니 오히려 엄숙한 분위기를 자아내기에 더 어울

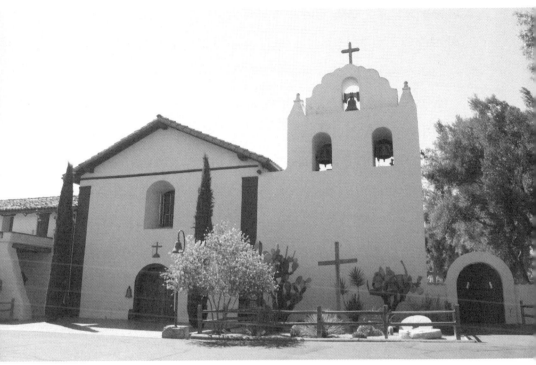

소담해서 오히려 정이 가는 미션 산타이네츠.

리는 조도라는 생각이 든다.

　미션 예배당의 정면은 한마디로 독특하다. 다른 미션 본당의 내부가 대부분 붉은색 위주였던 반면 이곳은 초록색 일관이다. 제단 앞의 벨벳 테이블보마저 짙은 녹색을 띠어 온통 그린이다. 미션 예배당에서 초록색이 주는 색다름은 신선했다.

　미션을 돌아보며 느낀 점이지만 새로운 땅에 세워진 개척지 미션의 성격상 예수나 마리아상 못지않게 수도사들의 동상이 많이 모셔져 있었다. 아무것도 없었던 척박한 땅에 미션을 세우고 사람들을 모으고 가톨릭 전파의 중심에 섰던 초기 수도사들은 성인의 모습으로 비추어졌으리라. 역시 이곳 산타이네츠 미션에도 예수 그리스도의 상과 함께 왼편에 수도사의 상이 모셔져 있다.

예배당을 나오면 십자가 모양의 안뜰이 나온다. 커다란 종려나무들이 여러 그루 심어져 그늘이 드리워진 안뜰은 숲 속 같은 분위기이다. 아름드리 큰 나무 사이로 보이는 미션은 실제보다 더 자그마해 보였다. 캘리포니아에 세워진 21개의 미션은 같은 목적으로 엇비슷하게 지어졌지만 하나하나 찾아가 보면 조금씩 다 다르고 또 각각의 미션만이 가지고 있는 독특한 새로운 특징이 하나씩은 꼭 있어서 미션을 찾아가는 마음은 항상 기대에 차게 된다.

미션 산타이네츠가 한창 자리를 잡아갈 무렵 멕시코는 스페인과 독립전쟁을 치르느라 사람들의 삶은 더 힘들어졌다. 미션에 생필품의 공급이 끊겼으며 인디언들은 더 힘들게 일해야 했고 자유는 더욱 억압되었다. 정부로부터 월급도 받지 못한 채 지친 스페인 군인들은 인디언들을 학대하였다. 그러던 차에 하늘에 커다란 혜성이 나타나 두 개의 꼬리로 갈라져 떨어지는 일이 발생했다. 인디언들은 이 특별한 현상을 보고 뭔가 바꾸어야 할 징조라고 굳게 믿었는데 이러한 믿음은 1824년 폭동의 형태로 미션 산타이네츠에서 처음 일어났고 인접한 미션으로 연이어 확대되기에 이르렀다. 이 사건 이후 많은 인디언들이 산으로 들어가 숨어 버리고 미션으로 내려오지 않았다. 이를 계기로 미션 산타이네츠는 차츰 쇠락의 길로 들어섰다.

1)

2)

1. 다른 미션들과 달리 초록색으로 장식
   된 미션 내부의 예배당.
2. 미션 산타이네츠 박물관에는 각국 신
   부들이 미사 때 입었던 의상이 전시
   되어 있다.

꽃과 포도밭이 펼쳐진 들판

솔뱅 근처의 산타이네츠산 아래 구릉지대에는 꽃을 심어 재배하는 꽃밭과 포도밭이 그림처럼 펼쳐져 있다. 산타바바라 와이너리는 샌프란시스코 인근의 나파소노마 밸리와 더불어 캘리포니아의 대표적 와인 산지이다. 산타바바라와 산타이네츠의 아름다운 구릉지대와 포도밭은 영화 '사이드 웨이즈(Sideways, 미국 20세기 폭스사, 2004년 개봉)'의 배경이 되기도 했다. 영화 속에서 남자 주인공 잭(Paul Giamatti)과 여자 주인공 마야(Virginia Madsen)가 와인에 대해 이야기를 나누는 장면이 나온다.

마야가 잭에게 "당신은 왜 피노누아(Piot Noir, 피노누아는 적포도주 종류 중 가장 가벼우면서도 밝고 섬세한 맛을 내는 품종)에 집착하나요?" 라고 묻자 "피노누아는 여리고 섬세하죠. 기르는 과정에서도 많은 신경을 써야 하고 참을성 있게 기다려야 해요. 그렇게 키운 피노누아는 환희에 넘치는 멋진 맛을 만들어 낸답니다."라며 잭이 대답한다. 현실에서 작가로서 재능을 인정받지 못하는 잭이 자신과 피노누아를 동일시하며 언젠가는 세상이 자신의 재능과 작품을 인정해 줄 때가 오리라 기다린다. 이번에는 왜 와인을 좋아하느냐고 잭이 마야에게 되묻는다. 마야는 "와인의 맛은 인생과 같아요. 포도가 자라서 햇빛을 쬐고 비를 맞고 커가는 과정이 와인의 맛에 들어 있어요. 그래서 정직하고 꾸밈이 없죠. 인생처럼 와인은 시작, 성장, 융성, 쇠퇴의 단계를 거쳐요. 오늘 병뚜껑을 열어 마신 와인의 맛이 어제나 내일의 맛과는 다르거든요. 자신의 성장 기록을 고스란히

꽃으로 수를 놓은 듯한 산타이네츠 들녘의 모습.

지니고 있으면서 순간순간에 충실한 것이 바로 와인의 맛이에요." 라고 대답한다. 정직하지 못했던 전 남편과의 기억을 떠올리며 정직한 와인의 맛처럼 진실하고 속임없는 관계를 갈망하는 이혼녀 마야의 대답이 걸작이다. 인생과 같은 숙성된 와인, 그 와인의 모태인 넓은 포도 재배지를 바라보고 있자니 와인의 맛처럼 매 순간에 충실한 인생의 맛을 느끼며 사는 것이 탐스럽게 살이 오른 포도알처럼 달콤하지 않을까 싶다.

우거진 수풀 속에 감춰진 미션 라프리시마

솔뱅에서 태평양이 있는 서쪽으로 30km정도 가면 21개의 미션 중 가장 수수하고 소박한 미션 라프리시마(Mssion La Purisima

목가적 풍경의 미션 라프리시마.
미션의 정형인 사각형 모양이 아닌 일자형을 하고 있다.

Concepcion Maria Santisima)가 나온다. 라프리시마 미션은 넓은 땅 위에 세워진 목가적 풍경을 가진 미션이다. 우거진 수풀 속에 감춰져 있어 밖에서는 잘 보이지 않지만 수풀 사이로 보이는 조그만 목조다리를 건너가면 밖에서 보이지 않던 광활한 들판과 한 줄로 길게 늘어선 주황색의 미션 건물이 모습을 드러낸다. 이렇게 큰 미션이 밖에서 잘 보이지 않는 곳에 감춰져 있다는 것이 놀라웠다. 미션 앞까지 걸어 들어가서 왔던 곳을 되돌아보니 낮은 구릉이 요새처럼 미션을 사방으로 둘러싸고 있다. 미션 앞으로 난 길은 포장이 안 되어 있어 발걸음을 옮길 때마다 흙먼지가 풀풀 묻어난다. 미션의 뜰은 자연 상태의 들판에 가깝다. 일부러 가꾸어 놓은 것도 없으며 멀리 산과 구릉으로 갇힌 지역이지만 워낙 넓어서 그런지 전혀 그렇게 보이지 않는다. 당시 수도사들이 생활하던 모습에 최대한 가깝게 재현해 놓은 유일한 미션으로 인공미가 묻어있지 않아 전체적으로 구수하다.

미션에는 방과 부엌이 하나씩 짝을 맞춘 아파트 형식의 주거공간이 있다. 미션의 아파트에는 퇴역한 군인이나 그 마을에서 지도자급인 인디언이 들어와 살면서 미션의 목장을 관리하였다고 한다. 흙바닥의 부엌에는 덩그러니 아궁이 하나가 놓여 있고 투박한 놋그릇 몇 개가 놓여 있다. 부엌문을 통해 뒷마당으로 나가면 딱 옛날 우리네 시골집 뒷마당 같다. 미션의 대장간은 방금 전까지도 실제 누군가가 일했던 곳처럼 생동감 있게 그 당시의 모습대로 꾸며져 있다. 베를 짜는 방도 마찬가지로 실이 감긴 물레가 있어서

미션의 소박한 살림살이를 보여주는 부엌.

라프리시마 미션에는 아파트의 형식을 갖춘 주거지가 있었다.

금세라도 누군가 들어와서 물레를 돌릴 것만 같았다.

　미션의 예배당 내부는 녹색의 페인트로 장식한 산타이네츠 미션과 비슷하다. 예배당의 제단은 장식이 별로 없고 오렌지색과 그린색의 그림으로 채워져 있는데, 보통 이렇게 그림으로 장식하는 이유는 당시에 종교 관련 용품이나 미션을 장식할 도구가 턱없이 부족한 상황에서 그림은 비교적 손쉬운 방법으로 미션을 꾸미는 수단이 되었기 때문이다. 미션은 검소하다 못해 쓸쓸함이 묻어나는 것 같았다.

　라프리시마 미션에는 재미있는 방이 있다. 바로 미션을 지키던

미션 라프리시마에서 스페인 병사들이 기거하던 방.

다섯 명의 스페인 병사들이 살던 숙소로 벽에 줄을 그어 1번부터 5번까지 다섯 칸으로 나눠 놓아 줄에 맞춰 침상, 총, 방패, 창 등 뭐든 다섯 개씩 놓여 있다. 해가 뉘엿뉘엿 넘어가는 봄날 오후 늙수그레한 병사들이 모여 앉아 포커를 치고 잡담을 나눴을 듯한 카드가 흩어져 있는 테이블이 방 한가운데 있다. 마을 사람들은 미션에 살던 병사들을 '가죽 재킷' 으로 불렀다는데 멋을 내기 위해서가 아니라 언제 있을지 모를 인디언들의 화살 공격을 피하기 위해 동물 가죽을 층층이 덧대어 만든 옷을 입고 다녔기 때문이라고 한다.

미션 라프리시마는 1787년에 지어진 11번째 미션이다. 대부분의 미션이 안뜰을 가운데 두고 사각형 모양으로 지어졌는데 라프리시마 미션은 독특하게도 긴 일자형 건물로 되어 있다. 그 사연은 큰 지진에 미션이 붕괴된 후 새로 시으면서 일자형 모양으로 길게 늘어선 건물이 지진과 같은 재해시에 사람들이 더 빨리 피난할 수 있다고 생각한 어느 신부의 아이디어에 의해 설계되어 건축되었기 때문이다. 한편 1824년 산타이네츠 미션에서 일어난 인디언들의 항거가 라프리시마 미션에까지 전해졌다. 미션 라프리시마에서는 인디언들이 기세를 잡아 신부들과 군인들을 창고로 몰아넣고 미션을 통제하였다. 인디언들의 미션 통제는 한달 정도 지속되었으나 결국 군인들에게 제압당하여 피차간에 사상자를 내고 끝났으며 미션은 계속 쇠퇴의 길을 걷게 되었다. 훗날 미션의 땅은 개인들에게 팔렸으며 미션은 서부시대 범법자들의 은신처가 되기도 하였다.

레이건 대통령 기념관과 닉슨 대통령 기념관

산타바바라 남쪽의 시미밸리(Simi Valley)에는 미국 대통령을 지낸 로널드 레이건(Ronald Wilson Reagan)대통령 기념관이 있다. 기념관 앞은 넓은 평지인데 마치 백악관의 뜰을 그대로 옮겨 놓은 듯 꾸며져 있고, 그 아래로 굴곡진 시미밸리가 파노라마처럼 펼쳐져 있다. 기념관 뜰 한쪽에는 동서독 통일 당시 무너져 내린 베를린 장벽의 한 조각이 파스텔톤으로 장식되어 비석처럼 우뚝 서 있다. 2005년

레이건 대통령 기념관 내부 벽면에 걸린 사진들, 기념관 밖 뜰에
는 파스텔톤의 그림이 그려진 베를린 장벽 한 조각이 전시되어
있다.

백악관 정원을 모방하여 만든 레이건 대통령 기념관 뜰.

닉슨 대통령 기념관 전경.

역대 미국 대통령들과 영국 수상이 함께 하는 장면을 합성한 사진이 걸려 있다.

에는 레이건 대통령이 재임 중 타던 대통령 전용기 에어포스원이 기념관으로 옮겨져 전시되었다. 타고난 언변과 정치력을 소유한 레이건은 미국 대통령에 당선되기 이전인 1966년과 1970년 두 차례에 걸쳐 캘리포니아 주지사를 역임하였으니 캘리포니아와는 관계가 깊다고 할 수 있다. 레이건 대통령은 재임기간 중 주말이면 개인 별장이 있는 산타바바라 목장에 자주 들렀다. 그래서 레이건의 산타바바라 목장은 '서부의 백악관'이라는 닉네임으로 불렀다. 대통령 기념관은 그가 생전에 그렇게도 좋아했던 자신의 목장 근처에 자리하고 있다.

미국 서부지역에는 대통령 기념관이 딱 두 곳이 있는데 하나가 레이건 대통령 기념관이고, 다른 하나는 일명 '워터게이트

(Watergate)' 사건으로 중도 사퇴한 리차드 닉슨(Richard Milhous Nixon) 대통령 기념관이다. 닉슨 대통령 기념관은 그의 생가인 오렌지 카운티의 요르바린다(Yorba Linda)시에 위치해 있다. 기념관에는 재임 시 각국의 대통령들로부터 받았던 진귀한 선물이 전시되어 있고 대통령의 집무실과 서재가 당시 모습대로 꾸며져 있다. 기념관 옆에는 대통령의 생가가 복원되어 있는데, 1950년대 미국 중산층의 전형적인 이층집 모양을 보여주고 있다. 방과 거실, 주방이 들어차면 남을 공간이 없을 만큼 작고 아기자기한 모습은 점점 더 크게만 집을 짓는 요즘의 미국 집들과는 사뭇 달랐다. 집에 사람이 지배당하지 않는, 사람이 집 주인이 되는 아담함이 바로 사람의 기를 살려주는 집이 아닌가 한다. 닉슨 대통령은 비록 정치적인 스캔들로 대통령의 자리에서 물러났지만 임기 중 달에 유인 우주왕복선을 보내고 중국과의 수교를 맺는 등 뛰어난 업적을 남겼다. 훌륭한 업적은 물론이거니와 불명예스러운 기록일지라도 자신들의 역사이기에 보존하고 후세의 가르침으로 삼으려는 미국인들의 마음가짐을 엿볼 수 있는 곳이다.

한가롭고 여유로운 농촌 풍경이 눈앞 가득 펼쳐지는 곳이 바로
중부 캘리포니아의 중심 도시 중 하나인 샌 루이스 오비스포이다. 북
부 캘리포니아의 대표적인 도시인 샌프란시스코와 산호세, 그리고
남부 캘리포니아의 샌디에고, 로스앤젤레스 등에서 느끼는
숨 가쁠 정도로 바삐 돌아가는 역동적인 모습의 도시와는 다르게
샌루이스 오비스포에 오면 갑자기 시간이
천천히 흐르는 것 같은 느낌을 받는다.

제 5 부
샌루이스 오비스포와
중부 캘리포니아

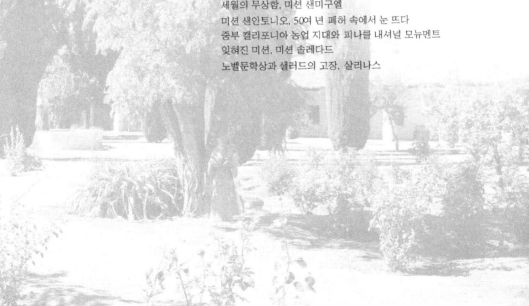

느긋함과 자유로움의 조화, 샌루이스 오비스포

산타바바라를 지나 캘리포니아 중부지대로 넘어오면서부터 미서부지역 농업과 목축의 중심지인 샌호아킨 평원지대(San Jaoquin Valley)가 시원스레 펼쳐진다. 보기만 해도 숨이 탁 트이는 것 같다. 광활한 목초지의 대규모 목장에서 수천 마리의 소들이 방목되고, 울타리 안에서 수백 마리의 소들이 한꺼번에 몰려다니는 모습은 마치 과밀한 대도시의 군중을 연상케 한다. 그중 한둘이 빠져나간다 해도 티가 나지 않는 그야말로 군무의 일원으로서 각자의 개성은 전체의 큰 그림 속에 하나의 점으로 비춰지는 그런 군중 같다. 목장지대를 지나다 보면 대규모 목장만 있는 것은 아니다. 가끔 소규모의 개인 목장들도 눈에 띄는데 울타리나 양치기도 없이 넓은 들에서 한가로이 돌아다니며 풀을 뜯는 소나 양들은 해가 질 때까지 언덕을 베개 삼아 하늘을 이불로 덮고 누워 자다가 배고프면 주변에 널린 싱싱한 풀로 배를 채우고, 또 심심하다 싶으면 바로 옆 도로에서 바쁜듯이 휙휙 지나가는 차들을 구경하는 모습은 걱정거리 하나 없어 보인다. 이렇듯 한가롭고 여유로운 농촌 풍경이 눈앞 가득 펼쳐지는 곳이 바로 중부 캘리포니아의 중심 도시 중 하나인 샌루이스 오비스포이다. 북부 캘리포니아의 대표적인 도시인 샌프란시스코와 산호세, 그리고 남부 캘리포니아의 샌디에고, 로스앤젤레스 등에서 느끼는 숨 가쁠 정도로 바삐 돌아가는 역동적인 모습의 도시와는 다르게 샌루이스 오비스포에 오면 갑자기 시간이 천천히 흐르는 것 같은 느낌을 받는다.

미션 샌루이스 오비스포에서 바라본 시내 풍경.

미션 샌루이스 오비스포의 정원.

샌루이스 오비스포는 스페인이 캘리포니아를 지배하던 당시 주요 교역로 역할을 하면서 발전해 온 도시이다. 농업도시의 시골스러운 한가함이 지배적인 분위기이지만 한편으로는 캘리포니아 주립대학(샌루이스 오비스포)이 소재해 있어 젊은 활력을 불어 넣어 주고 있다. 샌루이스 오비스포 대학은 지역 특성을 반영하듯 농업과 관련된 학문을 중심으로 발전되어 왔으며 현재는 미 서부지역에 있는 교육중심대학(박사학위과정이 설치되어 있지 않은 학교) 중 1위에 랭크되어 있을 정도로 실력있는 대학이다. 언뜻 보면 잘 어울릴 것 같지 않지만 농촌의 느긋한 여유와 더불어 대학생들이 만들어내는 젊음의 매력이 함께 느껴지는 도시가 바로 샌루이스 오비스포이다. 시내 중심부에 샌루이스 오비스포 미션이 자리잡고 있다. 기념관처럼 인적에서 동떨어진 미션이 아니라 공원처럼 사람들 속에 자리잡은 미션이다. 미션 주위의 거리에는 미술품과 골동품을 파는 상점들이 있어 산책하듯 걸어다니기에 좋다.

붉은 기와지붕의 비밀, 미션 샌루이스 오비스포

1772년 캘리포니아에 다섯 번째 미션이 세워졌다. 캘리포니아 해안을 따라 샌디에고부터 샌프란시스코 일대에 걸쳐 건축된 스물

샌루이스 오비스포 미션 앞의 곰 동상과 소녀상.

한 개의 미션 중 지리적으로 정중앙에 위치한 샌루이스 오비스포 다운타운 한가운데 위치한 샌루이스 오비스포 미션(Mission San Luis Obispo de Tolosa)은 주위가 공원으로 둘러싸여 있어 아늑하면서 겸손한 느낌을 준다. 미션에 들어서면 제일 먼저 맞아주는 것이 작은 연못 안의 예쁜 분수와 커다란 곰과 소녀의 동상이다. 최근 앙증맞은 아기곰 두 마리가 새로 생겼는데 천진한 모습의 아기곰 두 마리가 더 늘어서인지 가족적인 분위기가 더해져 미션이 더 친근하게 느껴진다. 이곳에 곰 동상이 있는 것은 아마도 예전에 이곳이 곰골짜기로 불릴 만큼 많은 곰들이 있었기 때문일 것이라고 짐작된다. 미션이 건립될 시대에는 여러 가지 이유로 종종 먹을 것이 없어 어려운 시기가 있었다. 그때 스페인 군인들은 식량이 부족한 주변의 미션에 고기를 공급해 주기 위해서 곰이 많은 이곳에 찾아와 곰사냥을 했다고 한다. 생존하기 위해 먹거리를 찾아 온 골짜기에서 덩치 큰 곰과 사투를 벌여야 했던 때가 있었다는 것을 기억하는 사람은 이제 없을 것이다. 곰이 더 이상 식량이 아니라 테디베어 같은 귀여운 존재로 자리잡은 이 시대에 말이다.

아늑한 미션의 예배당은 그야말로 소박하지만 예배당 내부는 마음을 사로잡을 만큼 예쁘다. 하얀 벽면에는 화려한 꽃무늬와 새가 어우러진 그림 장식이 되어 있어 담박한 실내를 따뜻한 느낌으로 채워주고 있다. 미션의 박물관은 인디언의 방과 스페인 정착민의 방으로 나뉘어 있다. 인디언의 방에는 주로 석기와 화살촉, 조개껍질이나 뼈로 만든 수공예품이 전시되어 있는데 굉장히 놀라운 것

1)

1. 화려한 꽃무늬로 장식된 벽면에 아기 예수를 안고 있는 수도사의 조각
   상이 어울려 있다.
2. 흰색 벽에 컬러풀한 문양의 장식이 돋보인다.
3. 미션 박물관 기념품 가게에 진열된 인형들.

2)

3)

은 돌을 둥글게 돌려 깍아 그 가운데에 구멍을 내고 실을 꿰어서 만든 다양한 모양의 돌목걸이다. 단단한 돌을 마치 나무 다루듯이 만든 갖가지 모양의 돌목걸이는 인디언들의 뛰어난 수공예 솜씨를 보여준다. 스페인 정착민의 빙에는 당시의 모습을 담은 빛바랜 사진들과 여인들의 의상, 군인들의 무기와 백여 년 전 어린아이들이 갖고 놀던 인형들이 전시되어 있다. 다른 미션에 비해서 스페인 정착민들의 생활모습이 많이 전시되어 있는 것이 특징이다.

　캘리포니아를 여행하다 보면 쉽게 볼 수 있는 붉은 기와를 얹은 지붕은 캘리포니아에 있는 다른 미션에서도 역시 찾아 볼 수 있다. 이처럼 붉은 기와지붕이 보편화된 데에는 이유가 있다. 그 이야기는 샌루이스 오비스포 미션이 건립되던 때로 올라간다. 자신들의 터전에 낯선 미션이 세워지는 것을 큰 위협으로 느꼈던 인디언들이 미션에 크고 작은 공격을 끊임없이 가해왔다. 특히 인디언들은 불화살을 쏘면서 공격을 했는데 그로 인해 지붕이 화재로 소실되는 등 미션은 큰 타격을 받았다고 한다. 그래서 수도사들은 머리를 짜내어 불화살 공격에 강한 지붕 기와를 고안하게 되었다. 나무로 틀을 만들고 그 안에 붉은 점토를 꾹꾹 눌러 담아 볕에 말린 후 다시 가마에 구워서 만드는 방법이다. 이렇게 만든 기와는 불에 강할 뿐만 아니라 방수도 잘 되어서 비로부터 미션의 어도비 벽을 보호하는 기능도 했으며 미션 내부를 건조하게 유지해 주는 여러 가지 역할도 했다. 실용적인 기와의 제조법은 점차 다른 미션으로 전해졌으며 나중에는 캘리포니아의 모든 미션에서 제조해 사용하였다

미션 박물관에 전시된 인디언들이 만든 돌목걸이의 모습과 과거부터 지금까지도 여전히 캘리포니아 미션 건축에 사용되고 있는 붉은 기와지붕 공사 모습.

고 한다. 그리하여 오늘날에도 붉은 기와지붕을 한 건물들을 캘리포니아에서 흔히 찾아볼 수 있게 된 것이다.

모로베이와 피스모비치

샌루이스 오비스포에서 10분 정도 바닷가 쪽으로 가면 해안마을 모로베이(Morro Bay)와 피스모비치(Pismo Beach)가 나온다. 이곳에는 유명한 장관이 하나 있는데 바로 푸른 바다 위에 둥실 떠 있는 아주 커다란 바위덩어리이다. 아랍사람인 무어인(Moor)의 터번모자와 비슷하다 하여 모로바위라 부른다. 모로바위는 높이만 175m에 이를 정도로 커서 해안에서 고깃배들이 모로바위를 이정표로 삼는다고 한다. 고속도로를 달리다 바다 위에 떠 있는 거대한 바위덩어리가 신기하여 일부러 마을에 들렀다 가는 차들이 많다고 한다. 모로베이가 훤히 내려다 보이는 전망대를 비롯하여 바닷가 마을에는 미술관, 기념품 가게, 수족관, 해산물 식당 등이 옹기종기 모여 관광객들을 맞이하고 있다.

피스모비치는 젊은이들이 유난히 많아 활기찬 마을로 조개가 유명하여 해마다 가을이 되면 조개 축제가 열린다. 조개로 만든 요리 중 클램차우더는 조개와 야채, 감자 그리고 우유 등을 넣고 끓인 크리미한 맛이 일품인 스프이다. 이 클램차우더가 유명한 마을이 피스모비치이다. 미국 TV의 자동차 광고 중 대도시 전문직에 종

바다 한가운데 둥실 떠 있는 것처럼 보이는 모로락.

사하는 여피족 남자가 차를 빠르게 몰고 어느 바닷가 시골 마을의 식당에 도착한다. 클램차우더를 주문해서 첫 숟가락을 떠먹고는 행복한 표정을 지으면서 "음, 이 맛이 그리웠어"라고 혼잣말을 한다. 나이 지긋한 식당 주인이 휴가냐고 묻자, 젊은 남자는 "점심시간이다"라고 대답한다. 물론 이 광고는 점심시간을 이용해 먼 곳까지 가서 먹고 싶은 것을 먹는 것이 가능할 정도로 자동차의 성능이 좋다는 광고지만 한편으로 이 광고 속에서 보듯이 먼 길을 달려가서라도 맛보고 싶은 클램차우더는 미국인들이 먹는 스프 종류 중 가장 좋아하는 음식이라는 것을 알 수 있다. 쌀쌀한 날씨에 클램차우더에 크래커를 부셔서 같이 떠먹으면 따뜻한 포만감과 함께 혀에서부터 전해 오는 행복한 감정을 맛볼 수 있다.

피스모비치에는 스플래시(Splash)라는 유명한 식당이 있다. 이 식당은 전국 클램차우더 경진대회에 다수 입상한 실적이 있으며 항상 손님들로 문전성시를 이루어 점심시간에는 30분 정도 줄을 서서 기다려야 안으로 들어갈 수 있을 정도이다. 식당의 안과 밖의 벽은 조개 마을답게 온통 조개를 의인화하여 벽화를 그려 놓아 즐거운 눈요기거리를 준다. 이 식당의 대표 메뉴는 그들만의 비법으로 살짝 튀겨 바삭바삭한 캘리포니아식 서더우빵(sourdough bread)의 속을 들어내고 그 안에 클램차우더를 담아 부드러운 빵의 속과 함께 떠먹는 것이다.

샌루이스 오비스포에서 101번 고속도로를 따라 북쪽으로 올라가다 보면 황량한 평원에 조그만 시골 마을 샌미구엘이 나온다. 아주 정적이며 털끝만큼의 미동도 없는, 그래서 그림같은 첫인상을 가진 마을이었다. 마을 뒷편으로는 나무가 거의 없는 황량한 누런색의 구릉지가 펼쳐져 있고 미션 앞의 큰길 옆으로는 철길이 있다. 주변이 고요하고 움직임이 없어 도무지 이 철길 위로는 아무것도 지나가지 않을 것 같았다. 이런 조용한 시골 마을에 살고 있는 사람들은 무엇을 하며 하루를 보낼까 하는 궁금증이 생겨난다. 이런 궁금증은 이내 마을을 구석구석 돌아보고 싶은 마음으로 번진다. 낡고 초라한 상점 몇 개가 다운타운의 상가를 대표하고 있다. 어릴 적 동네 구멍가게는 뭐든지 다 파는 마술상자같은 곳이었다. 이곳 아이들은 이 작은 상점에서 물건을 사면서 그런 생각을 할지도 모른다. 소방차 한 대나 겨우 들어갈 만한 가건물로 된 작은 소방서

1. 피스모비치에 있는 스플래시 카페.
2. 캘리포니아식 서더우빵에 담은 클램차우더 수프

서부 개척시대 모습과 같은 샌미구엘 마을의 상점가.

옆에는 역시나 아주 작은 샌드위치 가게가 있다. 식당 앞 테이블에
앉아서 점심을 먹고 있는 사람들의 투박한 웃음소리만이 그림같은
마을의 정적을 깨워주는 유일한 소리였다.

세월의 무상함, 미션 샌미구엘

101번 고속도로를 빠져 마을로 들어서자마자 다섯 개의 종이
걸려 있는 미션 샌미구엘(Mission San Miguel Arcangel)의 커다란 종탑
이 모습을 드러낸다. 그 뒤로 보이는 샌미구엘 미션은 도로가에
횡량하고 노쇠한 모습으로 서 있다. 붉은색을 띠어야 할 기와지
붕은 이끼가 뒤덮고 있어 마치 일부러 녹색 기와를 얹은 것처럼
보였고 미션의 벽도 속살이 드러나 보일 정도로 매우 낡아 있다.
사실 미션은 지금 한창 보수를 하고 있는 중이다. 미션의 뜰에는

가꾸지 않아 제멋대로 자란 마른 수풀과 선인장이 무성한데 사진을 찍어보면 굉장히 그럴듯하게 나온다. 여지껏 잘 가꾸어 놓은 미션의 뜰만 보다가 물욕이 없는 자연이 바람부는 대로 무심하게 조성해놓은 뜰을 보니 한동안 발걸음이 떨어지지 않을 정도로 신비감이 돌았다. 거친 자연미가 강한 생명력을 내재한 아름다움으로 다가왔다. 미션 주위를 에워싸고 있는 허물어져 가는 성벽을 따라 걸으면 군데군데 고풍스런 아치형 목재 대문들이 나타나는데 마치 세월을 훌쩍 뛰어넘어 성큼 미션 시대로 건너오라고 손짓하는 것만 같았다.

미션 샌미구엘은 전체 캘리포니아 미션 중 16번째의 미션으로 1797년에 만들어졌다. 샌미구엘 미션에는 세 가지 에피소드가 전해져 온다. 그중 하나는 소원을 들어 주는 의자 이야기이다. 미션에는 언제부터 있었는지 알 수 없는 오래된 의자 하나가 있었다고 한다. 하루는 신부가 인디언 소녀에게 의자에 앉아서 소원을 말해 보라고 했는데 소녀가 의자에 앉아 한참을 생각하다가 멋진 남편을 만나고 싶다고 대답했다고 한다. 그리고 얼마 지나지 않아 정말로 소녀는 소원을 이루었다고 한다. 이 일이 있은 후 미션에 사는 인디언들은 이 의자를 소원을 들어주는 마술의자로 믿었다는 이야기가 전해 온다. 그렇지만 인디언들의 힘겨운 미션 생활에서 마음속에 한가닥 희망이라도 되어주었을 마술의자는 안타깝게 사진으로 밖에 볼 수 없었다.

두 번째 에피소드는 미션에 정신이상자 신부가 살았다는 무시무

고속도로가에 호젓하게 서 있는 샌미구엘 미션의 종탑.

시한 이야기로 시작한다. 어느날 미션에는 키가 크고 마른 체형을 가진 호라(Horra)라는 신부가 새로 부임해 왔다. 그런데 시간이 지날수록 그는 이상한 행동을 하였다. 한밤중에 괴성을 지르며 어두운 회랑에서 서성거린다든지 난데없이 총을 들고 나타나 사람을 위협하는 등 더 이상 미션에서 지내기 어려울 정도였다. 호라 신부는 마침내 정신이상자 딱지가 붙어 고향인 스페인으로 돌려보내졌다. 그런데 스페인으로 돌아간 호라 신부는 가톨릭교회로 한 통의 편지를 보낸다. 그 편지에는 인디언들에게 스페인어를 배우게 강요하지 말 것, 개종한 인디언일지라도 그들의 마을에 가서 살 수 있게 하라는 것, 노동자들에게 먹을 것을 충분히 주어야 한다는 것, 그리고 채찍질을 하고 물 한 모금 주지 않은 채로 가둬두는 극심한 체벌을 하지 말라는 내용이 들어 있었다. 호라 신부는 미션에서 목격한 인디언들에 대한 대우는 너무 잔인하였다고 썼다. 가톨릭교회에서 나중에 편지의 내용을 조사하여 보니 호라 신부의 말이 모두 사실인 것으로 판명되었다. 인디언들이 노예와 같은 삶을 살고 있었던 것이다. 호라 신부는 자신의 종교적 신념과 인디언들의 학대받는 삶에 대한 불일치를 견디지 못하였던 것이다. 오늘날 역사가들은 호라 신부의 편지로 인해 밝혀진 인디언 학대 사실 등을 미션의 생활에 대한 사실적 자료로 여기고 있다.

세 번째 이야기는 미션이 세속화된 이후의 일이다. 번영했던 미션도 결국 세속화하라는 법령이 공표되자 미션에 살고 있던 수도사들과 인디언들이 다 떠났다. 미션은 오랜 세월 황폐해진 채로 버

자연이 빚은 미션 샌미구엘의 정원.

려져 있다가 후에 윌리암 리드라는 상인에게 팔리게 되었다. 윌리암 리드는 새 사업의 부푼 꿈을 안고 가족과 함께 미션에 가게를 냈다. 호텔이기도 했던 그의 가게에는 지나가는 여행객들이 며칠씩 묵었다 가곤 하였다. 살림이 넉넉한 주인은 미션에 묵고 가는 손님들에게 해서는 안될 돈자랑 하길 좋아했는데 그것이 그만 화근이 되고 말았다. 어느날 밤 강도가 들어 금은보화를 다 털어가는 것도 모자라 당시 미션에 있던 모든 사람들을 죽였다. 서부시대 영화에 나올 만한 불행한 사건이 미션에서 발생하였다. 이 사건은 당시에 쇼킹한 뉴스거리가 되었으며 지명수배된 강도는 결국 붙잡혀 사형을 당했다고 한다.

미션 샌안토니오, 50여 년 폐허 속에서 눈 뜨다

샌미구엘시에서 다음번 미션이 있는 샌안토니오시(Mission San Antonio de Padua)로 가는 길은 101번 고속도로에서 빠져 나와 비포장 국도로 가야 한다. 사막같이 건조한 땅, 물이 부족해 자생적으로 나무가 자라지 않는 구릉지대를 끼고 있는 국도를 한참 달리다 보면 포도재배지가 나온다. 이곳부터는 제법 산에 나무들이 보인다. 산에 물이 있다는 얘기다. 군데군데 소와 말을 키우는 목장이 있어 드라이브에 재미를 더해 준다. 미션으로 가는 길은 차들이 많이 다니지 않지만 길은 잘 닦여 있다. 미션 샌안토니오는 현재 군

사기지 안에 포함되어 있기 때문에 미션으로 들어가기 위해서는

검문소를 통과해야 한다. 검문소를 통과하는 사람들은 대부분 군인들이지만 미션 방문이 목적이라고 밝힌 후 운전면허증과 자동차 등록증을 보여주면 방문허가증을 써준다.

기지 안으로 들어서면 군용트럭들이 즐비하며 군인들의 아파트, 병원, 학교, 편의시설 등이 있고, 미션은 마을보다 더 안쪽으로 자리하고 있다. 샌안토니오 미션은 당시 '왕의 길'이었던 101번 도로와 동떨어져 있다. 지금 차로 찾아오기도 쉽지 않은 길이었는데 미션 시대 당시 말을 타고 찾아오기는 더 힘들었을 것이라는 생각이 든다. 또 군사기지 안에 있어 일부러 꼭 찾아오려는 사람 아니라면 그냥 지나치기 쉬운 곳이라서 그런지 일반 방문객의 수가 눈에 띄게 한적했다.

미션이 지리적으로 외떨어진 곳에 위치한 탓에 미션이 세속화된 이후 심하게 약탈당했다고 한다. 미션은 거의 50여 년간 버려진 상태로 남아 있다가 1813년 미션의 모습으로 흡사하게 복구되었다. 그래도 현재의 샌안토니오 미션은 북가주의 미션 중에서 가장 크며 한 폭의 그림처럼 아름다운 미션이다.

알타캘리포니아 남쪽 샌디에고에 첫 번째 미션이 세워지고 북쪽으로 쭉 올라가 몬트레이에 두 번째 미션을 세운 후 그 중간 쯤 되는 지점에 세 번째 미션이 터를 잡았다. 이때가 1771년으로 당시는 주로 필요한 물품들을 배로 실어 날랐기 때문에 미션은 해안가를 따라 짓는 것이 일반적이었지만 세라 신부는 좀더 인디언들이 많이 사는 마을 안으로 들어가 미션을 세우려는 야심을 가졌다.

미션 샌안토니오의 그림같은 전경.

샌안토니오 미션의 남국적인 정원.

세라 신부는 세 번째 미션의 성공이 미션 체인을 완성하는 데 중요한 분기점이라 생각하고 샌안토니오 미션 건립에 특별히 의미를 두었다. 미션을 세울 터를 잡고나서 수도사들은 가지고 온 많은 짐들 속에서 종을 꺼내 큰 참나무에 매달았다. 나무십자가를 땅 위에 세우고 세라 신부는 참나무로 걸어가 줄을 당겨 종을 울렸다. 세라 신부는 인디언들에게 가톨릭을 전파하는 것으로 신의 일을 한다는 굳은 신념을 가진 사람이었다. 그의 신념이 담긴 종소리가 숲을 향해 크게 울려 퍼졌다. 그때 마침 인디언 소년 한 명이 종소리를 듣고 다가왔다. 호기심 많고 천진한 어린이들은 비교적 개종하기가 쉬웠다. 세라 신부는 소년을 환대하며 선물을 나눠 주었고 나중에 소년은 친구들을 데리고 미션으로 찾아왔다. 세라 신부와 인디언 소년이 다정한 모습으로 마주보며 함께 서 있는 동상은 세라신부가 종교적 열정으로 미션 건립을 완성하기 위해 지역 인디언들과 친해지고자 노력했던 모습의 상징처럼 되어 미션을 방문하다 보면 자주 눈에 띈다.

미션 예배당의 천정은 나무를 이어 붙인 소박한 모습이다. 벽에는 예수의 고난을 그린 크고 작은 그림액자가 걸려 있으며 예배당 정면에는 세라 신부가 아기 천사를 안고 있는 상이 있다. 유럽의 성당에 예수 그리스도와 성모상이 모셔져 있다면 캘리포니아 개척 시대의 미션에는 주로 미션 건립과 가톨릭 전파에 일생을 바치며 헌신했던 신부의 상들이 많은 것이 특징이라 할 수 있다. 미션의 긴 건물을 따라 박물관이 만들어져 있고, 문을 달아 공간을 나누어 놓지 않아서 다른 곳에 비해 밝고 산뜻한 분위기를 준다.

박물관에 가 보면 당시의 부엌 모습을 실감나게 잘 볼 수 있다. 전시된 소품들은 주로 스페인이나 멕시코 등지에서 모아다 놓은 것이지만 당시의 전형적인 부엌 모습을 한눈에 볼 수 있게 꾸며 놓았다. 다른 곳 보다도 부엌을 들여다보면 그 당시 사람들이 살았던 모습이 더 잘 상상되는 것은 왜일까? 마른 나뭇가지로 불을 지폈을 두 개짜리 한 세트 아궁이가 아주 멋스럽다. 물을 길어 머리에 이고 와서 마른 나뭇가지를 손으로 툭툭 끊어 불구멍에 넣어 불을 지펴가며 가마솥 안의 구수한 음식냄새가 장작 타는 냄새와 섞여 식욕을 돋구었을 분주한 미션의 부엌이 이백 년이 지난 지금도 그 자리에 고스란히 남아 있다. 코를 들이대보면 장작 타는 연기와 함께 맛있는 냄새가 풍겨올 것 같다. 당시 사람들은 인디언식 빵인 **또띠야**(밀가루나 옥수수가루를 물에 개서 얇게 구워낸 빵)와 **포졸레**(콩, 옥수

1. 미션 샌안토니오의 길다란 회랑.
2. 미션에서 직접 양초를 만들어 쓰던 모습.

수, 고기로 쑨 죽으로 닭도리탕과 맛이 비슷하다)를 먹었고 칠리로 맛을 더했다. 부엌 바로 옆에는 아궁이에 커다란 가마솥이 걸려 있고 천정에는 길고 끝이 뭉툭한 양초가 매달린 방이 있다. 커다란 가마솥이 있다고 해서 음식을 만들었던 것은 아니고 양초를 만들었던 작업장으로 전기가 없던 시절 양초는 밤을 밝히는 매우 중요한 물건이었다. 그래서 모든 미션에서는 자체적으로 양초를 만들어 사용하였고, 혹 만들어 놓은 양초가 많을 때는 다른 미션과 교역을 하기도 했다고 한다. 또한 양초만큼 중요한 것으로 미션에서 직접 만들어 썼던 것이 비누인데 동물의 기름을 이용하여 만들어 사용하였고, 현재까지도 비누를 생산했던 거대한 작업장 터를 보존하고 있는 미션들이 많다.

중부 캘리포니아 농업지대와 피나클 내셔널 모뉴멘트

101번 도로를 따라 올라가는 중부 캘리포니아는 광활한 농업지대로 스프링쿨러에서 시간 맞춰 자동으로 뿜어져 나오는 물줄기와 넘치는 햇빛, 비옥한 땅은 중부 캘리포니아에서 농작물 수확을 더할 수 없이 풍성하게 해준다. 고속도로가에는 양배추를 들고 서 있는 농부를 그린 커다란 입간판이 군데군데 서 있어 농업도시임을 알리고 있다. 보통 도시에 인접한 고속도로를 지나치다 보면 자동차 판매 전시장이 자주 보이는데 이곳은 대규모 농업지대이다 보니 농기계나 농기구 전시장이 일반 자동차 전시장 보다 더 많이 눈

용암이 분출돼 형성된 피나클 내셔널 모뉴멘트 바위산.

에 띈다. 고속도로를 차로 한참 달려도 끝이 보이지 않을 것 같은 경작지는 캘리포니아에서 농부란 직업은 곧 부자를 의미한다는 말을 실감나게 한다.

101번 도로를 달리다 살리나스시에 이르기 전에 동쪽으로 20km를 더 가면 보통의 산과는 전혀 다른 모습의 바위산을 만날 수 있다. 이곳이 피나클 내셔널 모뉴멘트(Pinnacle National Monument)이다. 피나클 내셔널 모뉴멘트는 수백만 년 전 화산폭발로 생긴 용암이 굳어져 생긴 바위산으로 그 당시의 모습을 거의 그대로 간직하고 있다. 자연이 수백만 년간 다듬은 기묘한 형상의 바위와 절벽, 그리고 산사자, 들고양이, 독수리 등이 그곳에 터전을 마련하고 보금자리를 틀어 살고 있는 곳이다.

고독한 미션, 미션 솔레다드

솔레다드(Nuestra Senora de la Soledad)는 스페인어로 '외로움'이라는 뜻이다. 1791년 13번째로 지어진 미션 솔레다드는 이름 그대로 참으로 쓸쓸한 미션이다. 미션에 고독이란 이름이 붙게 된 사연은 미션이 건립되기 전으로 올라간다. 처음 샌디에고만에 사령관으로 왔던 포톨라는 신부 후안 크레스피(Juan Crespi)와 미션 건립 터를 찾아다니다가 이곳에서 하룻밤 야영을 하게 된다. 그때 마침 인디언들이 다가와 말을 건네는데 무슨 말인지는 모르겠고 계속 같은 말을 되풀이 하는데 그 소리가 '솔레다드'처럼 들렸다 한다. 그리고 문득 주변을 둘러보니 나무 한 그루도 없는 평지인 땅에 아무것도 보이는 게 없더란다. 그래서 이곳은 참 외로운 곳이로구나라고 생각했다고 한다.

그런데 참 신기한 것이 지금 이곳에 찾아와 둘러보며 느끼는 내 감정도 참 외로운 곳이구나 라는 같은 마음이니 말이다. 물론 지금은 나무 하나 없는 평지는 아니다. 당시에는 황량하고 외로운 들판이었을 주변 평지가 이제 광활한 경작지가 되어 있고 일부러 심어놓은 나무와 꽃도 있다. 그러나 미션 주변은 온통 평야로 가까이에 인가가 없으며 유난히 건조하고 바람이 거세었다. 미션 건립 당시에도 이 지역은 척박하고 이렇게 바람이 많이 불었다고 하니 이 바람이 한순간만의 바람이 아니라 유구한 세월 한결같이 이곳에서 먼저 살고 있었던 바람일 것이다. 바람에 흙먼지가 심하게 날리는 것을 막기 위해서 미션 앞 공터에 살수차가 물을 뿌리고 다닌다.

찾는 이 없어 여전히 외로운 미션 솔레다드의 모습.

그렇지만 물을 뿌리고 지나간 지 얼마 되지도 않아 땅은 다시 건조해져 바람에 흙먼지를 일으킨다. 주말이지만 찾는 사람이 없는 미션이다. 이곳은 왕의 길에 인접한 곳이지만 이렇듯 사람들이 찾지 않는 외로운 미션으로 남아 있다.

미션 초기에도 건조하고 바람이 많이 불며, 여름은 매우 덥고 겨울밤은 매우 추웠으며 척박한 땅과 기후조건으로 소수의 인디언만이 살고 있었다. 그 당시 미션은 주로 인디언들이 많이 살고 있는 곳에 지었다. 그래야 더 많은 사람들을 개종할 수 있었기 때문이다. 그런데 이렇게 사람이 없는 곳에 미션을 세운 데는 그 시절 많은 사람들이 걸어서 다니거나 말을 타고 다녔는데 여행을 하다가 날이 저물면 여행객들은 밤을 보낼 곳이 필요했고, 그리하여 산호세와 카멜 미션 중간인 이곳에 미션을 세우게 된 것이었다. 이런 이유 등으로 미션에 인디언들이 많아지기까지는 시간이 걸렸고, 미션 건립도 느리게 진행되었으며 홍수나 흉작 같은 문제도 많았다. 그래서 이 미션으로는 신부들도 오길 꺼려 했다고 한다. 그러다 보니 포교하는 일이 제대로 이루어지지 못했고 이러한 상황을 안타깝게 여기고 미션을 잘 운영해 보고자 하는 신부들도 있었으나 그러한 신부들의 노력에도 불구하고 심한 흉년이 들어 식량이 바닥나 신부마저 먹을 것이 없어 굶어 죽게 되자 인디언들은 신부를 양지바른 곳에 묻어주고 미션을 버리고 떠났다. 솔레다드 미션은 다른 미션들과 같은 번영을 한 번도 이뤄보지 못했다.

미션 안뜰의 절반은 아스팔트로 포장되어 버렸고 포장되지 않고 남은 땅엔 띄엄띄엄 심어진 장미나무 몇 그루가 있을 뿐이다. 미션 박물관에는 캘리포니아가 멕시코 소유였을 때 멕시코 정부관리 피오피코(Pio Pico)가 은퇴한 군인이자 정치가였던 목장 주인에게 이 미션을 미화 800불에 팔았다는 계약서의 영문 복사본이 걸려있다. 박물관이 작다 보니 전시물도 많지 않다. 성공하지 못한 미션, 외로운 미션, 솔레다드 미션은 아직도 그 자리를 외롭게 지키고 있다. 언제나 그 품 안에 많은 사람들을 품어 볼 수 있을런지… 미션을 떠나 올 때도 모진 바람 때문에 제대로 작별 인사도 못하고 온 것 같다.

노벨문학상과 샐러드의 고장, 살리나스

중부 캘리포니아 농업지대 샌호아킨 밸리의 가장 북부 중심 도
시로 살리나스시가 있다. '미국의 샐러드 접시'라는 별명을 갖고
있을 정도로 미국 전 지역 양상추의 약 80%를 살리나스(Salinas)에
서 생산하고 있다. 살리나스는 양배추 생산으로만 유명한 것이 아
니라 노벨 문학상 수상 작가 존 스타인벡도 이 지방 출신이기 때문
에 널리 알려져 있다. 그는 20세기 가장 성공한 미국 소설가 가운
데 한 사람이며 살리나스와 몬트레이를 중심으로 창작 활동을 하
였고, 주로 자신의 고향인 살리나스를 배경으로 사람들의 삶과 고
난의 행적을 묘사했다. 우리에게 잘 알려진 그의 대표작 『분노의
포도(The Grapes of Wrath)』를 보면 잘 알 수 있듯이 존 스타인벡은 그
당시 캘리포니아 이주 정착민들의 어려운 삶과 애환에 대해 무한
한 애정을 품고 있었다. 제임스 딘이 주연한 영화 '에덴의 동쪽
(East of Eden)'은 아직도 많은 사람들의 기억 속에 남아 있다. 성경
에 나오는 가인과 아벨의 이야기에서 모티브를 얻어 인간의 선과
악의 근원적인 문제를 다룬 이 영화의 원작 소설이 바로 존 스타인
벡의 작품으로 이 소설 역시 살리나스가 배경이 되는데 그의 주옥
같은 작품들로 인해 조용한 시골마을이 대중들에게 알려지게 되었
다. 정갈하면서도 절도있는 풍광의 살리나스 올드타운에 가면 존
스타인벡 기념관이 있다. 주민들의 자랑거리이기도 한 이 기념관
에는 그의 작품세계에 대한 다양한 자료뿐만 아니라 살리나스시의
역사적 자료도 함께 전시되어 있다. 기념관까지 왔다면 이곳에서

소박한 농촌의 정서가 묻어나는 살리나스시의 거리 풍경.

지금은 레스토랑이 되어 있는 존 스타인벡의 생가.

5분 거리에 있는 깔끔한 페인트칠이 돋보이는 존 스타인벡의 생가
도 놓치지 말자. 이곳은 현재 그의 생가였다는 표지판이 세워진 레
스토랑과 카페로 바뀌어 있다.

　또한 살리나스는 1911년부터 시작된 카우보이들의 축제인 로데
오 세계 챔피언십이 열리는 곳으로도 이름이 나 있다. 로데오 경기
는 매년 미국의 독립기념일인 7월 4일에 열리는데 이때가 되면 살
리나스는 거리마다 카우보이 복장을 한 사람들로 성시를 이루며
흥겨운 축제 분위기에 빠진다.

산호세는 캘리포니아 건립 초기인 1849년부터 1851년까지
캘리포니아주의 수도이기도 했다. 실리콘 밸리는 컴퓨터 산업의
중심지로서 스탠포드 대학이 있는 팔로알토(Palo Alto)부터
산호세까지의 지역을 일컫는 말로 약 260㎢의 지역에 이른다.
지금 산호세는 '실리콘 밸리'로 대표되는 명실상부한 미국,
더 나아가 전 세계적인 정보통신산업의 중심지이다.

제 6 부
산호세

첨단 과학과 예술이 함께하는
산호세, 실리콘 밸리
인디언 청년의 눈물 속에
사라진 자유, 미션 산호세
18세 성녀의 이름으로, 미션 산타클라라
성스러운 십자가, 미션 산타크루즈
태평양 해안도로,
몬트레이 17마일 드라이브
가장 아름다운 미션, 미션 카멜
이백 년전 뱃사람이 그린 예배당의
아름다움, 미션 샌후안 바우티스타

첨단 과학과 예술이 함께하는
산호세, 실리콘 밸리

왕의 길, 101번 고속도로를 타고 산호세로 가는 여정은 약간의 야릇한 흥분을 일으킨다. 세계 정보통신(IT)산업의 중심이라는 산호세와 실리콘 밸리에 대한 호기심이 발동을 하기 때문이다. 우리가 아침에 눈 떠서 잠잘 때까지 함께 하는 인터넷 검색창인 야후(Yahoo)나 구글(Google)같은 회사는 어떻게 생겼을까?

고속도로 주변에 컴퓨터, 휴대폰 같은 정보통신 회사의 광고판들이 눈에 띄기 시작한다면 산호세가 가까워졌다는 얘기다. 산호세가 위치한 지대는 무척 넓고 사방으로 뻗은 도시가 끝없이 연결되어 있어 마치 남쪽의 로스앤젤레스를 연상시킨다. 산호세는 캘리포니아 건립 초기인 1849년부터 1851년까지 캘리포니아주의 수도이기도 했다. 실리콘 밸리는 컴퓨터 산업의 중심지로서 스탠포드 대학이 있는 팔로알토(Palo Alto)부터 산호세까지의 지역을 일컫는 말로 약 260km²의 지역에 이른다.

지금 산호세는 '실리콘 밸리'로 대표되는 명실상부한 미국, 더 나아가 전 세계적인 정보통신산업의 중심지로 1970년대 미국 전자산업이 태동할 무렵부터 1980년대 실리콘 칩의 개발과 발전을 주도해 온 곳이다. 또한 이 지역에 기반을 둔 정보통신 회사들은 1990년대와 2000년대 초반 '신경제(New Economy)'로 대표되는 전 세계적인 정보통신 혁명을 주도 하였다.

실리콘 밸리 지역을 기반으로 세계 컴퓨터 산업의 거대기업인

실리콘 밸리의
벤처회사 테라얀,
구글 본사,
야후 본사.

캘리포니아 출신
예술가들의 작품이
많이 전시되어 있는 산호세 미술관.

휴렛 팩커드, 애플, 인텔 등의 하드웨어 업체와 시스코, 오라클, 실리콘 그래픽스, 야후, 구글 등 이름만 들어도 그 영향력과 힘을 짐작케 하는 소프트웨어 업체들이 발전을 거듭해 왔다. 오늘날 산호세는 전 세계 인터넷 혁신을 주도하고 있는 미국 정보통신산업의 심장부 역할을 하고 있다.

산호세의 도심으로 들어서며 받았던 첫 인상은 가장 현대적이고 첨단을 구가하는 미국 대도시 전문직 종사자를 지칭하는 '여피(Yuppy)족'의 느낌과 상통했다. 단순하고 깨끗한 이미지와 지적인 분위기를 풍기는 산호세 중심부에는 도시를 굽어 보는 높다란 시청 건물과 함께 예술 박물관, 과학기술 박물관, 어린이 미술관 등이 자리한 '프라자 파크(Plaza Park)' 광장이 있다. 현재의 시청이 위치하고 있는 주변은 산호세가 도시로 자리잡아 가던 당시의 시청 및 요새가 있었던 자리이다.

산호세 미술관(San Jose Museum of Art)에는 리차드 디버콘(Richard Diebenkorn), 샘 프란시스(Sam Francis)와 같은 현대 캘리포니아 출신 미술가들의 작품이 전시되어 있고, 미술관 앞 광장은 길거리 예술

세계적인 명문대학 스탠포드 전경.

과학기술혁신 뮤지엄.

작품을 전시하는 곳으로 독특한 아이디어가 빛나는 다양한 설치작
품들이 번갈아가며 전시되고 있다. 많은 사람들이 미술관 앞 광장
에 들러 산책도 하고 야외에 설치된 작품도 구경한다. 자유롭고 신
선한 발상을 가능하게 해주는 분위기와 혁신적인 생각들을 장려하
고 격려해 주는 기풍이야 말로 신기술 개발과 창조의 원동력일 것
이다. 21세기 신산업의 전형인 정보통신산업은 기존의 제조업과는
달리 창의적인 사고와 신선한 발상으로 단시간 내에 전 세계 시장
을 석권할 수 있는 파급력이 큰 산업분야이다. 신산업에서는 전통
적인 생산의 요소인 자본, 토지, 인력의 요소보다도 더 중요한 것
이 창의적이고 혁신적인 사고이다. 산호세에서는 자유로운 기풍과
이를 존중해 주는 분위기를 느낄 수 있다.

　산호세의 중심가인 프라자 파크에서 잊지 말고 봐야 할 것이 과학기술혁신 박물관(Tech Museum of Innovation)이다. 20세기와 21세기에 이룩한 미국의 주요 과학기술 업적을 전시해 놓은 박물관으로 특히 컴퓨터 하드웨어와 소프트웨어의 작동원리에 대해 일반인들의 이해를 돕는 전시물들이 다량 전시되어 있다.

인디언 청년의 눈물 속에 사라진 자유, 미션 산호세

1797년의 따뜻한 여름날 캘리포니아에 14번째 미션이 완성되었는데, 바로 산호세 미션(Mission San Jose de Guadalupe)이다. 미션은 다운타운에서 북쪽으로 15km 떨어진 프레몽시에 위치해 있다. 산호세 미션은 강한 매력을 지녔다. 하얀 석회의 웅장하고 거대한 벽과 그 위를 덮은 붉은 기와지붕은 매우 인상적이며, 대단히 위엄있어 보인다. 미션의 예배당으로 들어가려면 붉은 계단을 따라 올라가야 하는데, 조심스레 계단을 오르다 보면 자신도 모르게 경건한 마음이 생겨날 정도이다. 미션은 세월과 역사 속을 걸어오면서 여러 차례 재건축 되었다. 수도사들의 방은 현재 박물관으로 사용되며 이곳에 살던 인디언인 올느(Ohlne) 부족이 만들어 썼던 바구니와 오르간, 레드우드 나무로 만든 기둥, 양초를 만들 때 사용한 검은 가마솥 등이 전시되어 있다.

미션이 문을 열고 나서 첫 해 동안에 개종한 인디언의 수는 손에 꼽을 정도로 적었다. 그래서 마을 인디언들의 관심을 더 끌어 보려고 신부들은 아이디어를 냈다. 수도사들을 비롯하여 군인, 그리고

웅장하고 거대함이 보는 이를 압도하는 산호세 미션.

미션 박물관에 전시된 인디언들의 수공예품.

다른 미션에서 원정 온 개종한 인디언들은 제일 좋은 옷으로 화려하게 차려 입고 예배를 보았다. 땅에 신성한 물을 뿌리고 축복한 뒤 나무 십자가를 땅 위에 세웠으며, 군인들은 스페인 국기를 올리고 총을 쏘는 의식을 행했다. 이런 광경을 주변에 사는 인디언들이 모여 앉아 호기심 어린 눈으로 지켜 보았다. 이 순간의 모습은 화가에 의해 그림으로 남겨졌으며 이 그림은 카멜 미션의 그랜드 살라(신부들이 손님을 맞는 방)에 가면 볼 수 있다.

산호세 미션은 역사적으로 가장 유명한 인디언 저항이 일어났던 곳이다. 산호세 미션에는 에스따니슬라오라는 인디언 청년이 살고 있었다. 그는 미션에서 살던 개종한 인디언의 아들로 미션 안에서 태어났다. 유년시절을 미션에서 보낸 그에게 가톨릭과 스페인 전통은 당연하고 자연스럽게 받아들여졌다. 에스따니슬라오는 미션 내에서 신망받는 인물이었으며 인디언들의 리더직을 맡고 있었다. 그런데 하루는 에스따니슬라오가 미션의 신부에게 인디언 마을의 친척을 방문해도 좋다는 허가를 받고 외출한 뒤에 다시 미션으로 돌아오지 않는 사건이 발생했다. 미션의 엄격한 규율 하에서 살아왔던 그는 사실 점점 미션 생활에 지쳐가고 있었던 것이었다. 에스따니슬라오는 산과 들에서 자유롭게 살아가는 인디언 마을의 친척들을 보면서 미션으로 돌아가지 않고 그들과 함께 살고 싶어졌던 것이다. 당시 산호세 미션의 신부였던 듀란은 만일 에스따니슬라오가 미션으로 돌아오지 않는다면 앞으로 더 많은 인디언들에게 미션을 떠날 빌미를 주는 일이라고 여기고 이를 엄히 다스리기로 마음 먹었다. 듀란 신부는 에스따니슬라오를 잡아오기 위해서 샌프란시스코 요새에 군인들을 보내달라고 요청하는 전갈을 보냈다. 이것을 알아챈 에스따니슬라오는 자신이 먼저 미션을 공격해야겠다고 마음먹고, 마을의 인디언들을 모아 계획을 세우고 산속에 진을 치면서 몇 달에 걸쳐 전쟁준비를 했다. 미션에서는 이를 방어하기 위해 100명의 군인을 추가로 모았고 전쟁준비에 들어갔다.

총을 가진 스페인 군인들과 화살을 쓰는 인디언들 간의 전투 결과는 에스따니슬라오가 이끄는 인디언들의 참패로 끝나고 말았다. 그러나 듀란 신부는 에스따니슬라오를 용서하였고 그의 목숨을 구해주는 대신에 평생 미션에서 살도록 명했다. 미션 밖에서 대규모 인디언 저항을 주도했던 청년은 쟁취하고자 했던 자유로운 생활을 손에 쥐어보지도 못한 채 다시 미션으로 돌아왔고 스페인 생활방식을 따르며 꽉 짜인 미션의 하루하루를 보내다가 몇 년 뒤, 그만 전염병에 걸려 결국 미션 안에서 생을 마감했다고 한다.

18세 성녀의 이름으로, 미션 산타클라라

산호세시와 인접해 있는 산타클라라시는 깔끔한 현대적 감각의 도시로 실리콘 밸리 내에서 한국인들이 많이 모여 사는 지역이기도 하다. 산타클라라 미션(Mission Santa Clara de Asis)을 찾아가려면 산타클라라 대학 안으로 들어가야 한다. 그 이유는 산타클라라 미

캘리포니아 최초의 주립대학인 산타클라라 대학.

선이 훗날 산타클라라 대학으로 바뀌었기 때문이다. 산타클라라 대학 안으로 들어가면 상록수의 싱그러움이 한껏 느껴지는 잘 정돈된 학교 건물과 그에 어울리는 단정한 미션을 볼 수 있다. 미션은 학교 내의 한 부분으로 자리잡아 미션 건물도 학교 같고 학교도 미션 같이 보인다. 미션의 뜰은 대학의 잔디 정원을 공유하는데 상아색의 멋진 대학건물 주변에 큰 키의 종려나무와 붉은 장미나무들이 심어져 있어 아름다움을 더한다. 마침 이곳을 방문했을 때는 대학 신입생들이 기숙사로 들어오는 날이었다. 새로운 대학생활에 대한 호기심과 기대에 찬 신입생들의 표정과는 반대로 자녀들을 대학으로 떠나 보내는 부모들의 얼굴엔 이별의 아쉬움이 가득하다. 미국의 부모들은 보통 자식이 집에서 멀리 떨어진 대학으로 진학하게 되면 슬하의 자식을 떠나 보낸다는 각오로 대학 기숙사까지 함께 차로 여행한다. 자식이 머물게 될 기숙사 방까지 데려다 주고 돌아오면 허전한 마음으로 '빈둥지증후군'에 한동안 시달릴지 모르겠으나 자식이 스스로 독립된 삶을 꾸려갈 수 있도록 놓아 두고 지켜보는 모습은 바람직한 모델이라 생각된다.

캘리포니아 최초의 주립대학인 산타클라라 대학은 서부에 있는 대학 중에서 가장 오래된 건물을 보유하고 있으며 심지어 미션 시대의 오리지널 어도비 벽의 모습도 찾아볼 수 있다. 대학 안에 있는 알투스 박물관에 가면 스페인에서 보낸 오래된 종이나 신부의 일기장 같은 미션 시대의 물건들을 볼 수 있다.

가톨릭 신부들이 미션의 이름을 지을 때 보통 성인들의 이름을 따서 지었는데 대부분 남성의 이름이 많다. 캘리포니아 전체 21개 미션 중에 여성의 이름을 따서 지은 미션은 4개에 불과한데 그중 미션 산타클라라는 여성의 이름을 따서 지은 최초의 미션이다. 성녀 산타클라라는 18세의 꽃다운 나이에 수녀가 되고자 했다. 부모의 반대가 있었지만 결국 그녀는 뜻을 이루고 일생을 종교적 믿음 아래서 헌신한 인물이다. 미션에는 성녀 산타클라라의 그림이 그려진 대형 액자가 걸려 있다. 예배당 내부는 밝은 핑크와 옐로우톤으로 채색되어 있어 온화한 느낌을 주는데 성녀상이 가운데 있고 아기 천사들의 두상으로 장식된 테이블로 한층 세련된 느낌을 더하는 예배당 제단 바로 위의 천정에는 명화가 있다. 멕시코 화가 어거스틴 다빌라(Agustin Davila)가 그린 것으로 천상의 구름 속에 아기 천사들이 악기를 연주하고 춤을 추는 모습 속에 성부성자성령의 삼위일체를 표현한 그림이다. 특히 아기 천사들의 그림이 많은

해맑은 신부를 연상시키는 미션 산타클라라.

것이 이곳 산타클라라 미션의 특징이다.

한때 산타클라라 미션에는 전염병이 퍼져 많은 아이들이 죽었
다. 전염병은 미션 밖의 인디언 마을에도 퍼져 나갔는데 인디언들
은 병을 고치기 위해 주술적인 방법이나 전통적인 민간요법을 다
써보았지만 유럽대륙에서 건너온 전염병에는 아무 효과가 없었다.
그래서 인디언들은 자발적으로 미션에 찾아왔다. 유럽 사람들이

(시계 방향으로)
산타클라라 미션 천정에
그려진 아기 천사 그림과
성녀 산타클라라의 그림.
아름다운 미션은 성스러운
결혼식 장소로 인기가 높다.

가져온 병이니 병을 고치는 방법도 알고 있을 것이라 믿었기 때문이었다. 혹시나 아이들을 살릴 수 있을까 해서 가톨릭 신부를 찾아와 세례를 받고, 그중 살아남은 아이들은 의무적으로 미션에 데려와 살게 했다. 그래서 최초의 개종자들 대부분은 주로 어린아이들이었다. 그렇지만 미션에는 병이 끊이지 않아 한때 8500명의 인디언들 중에 6800명 정도가 병으로 죽었다고 한다. 일례로 한 신부는 이런 한탄의 글을 남겼다.

"병이 고쳐지지 않고 있으니 이러다가 인디언들이 다 사라지는 것은 아닐런지… 우리가 할 수 있는 일은 도대체 무엇이란 말인가?"

유럽인들이 가져온 전염병은 아메리카 신대륙의 원주민들에게는 재앙과 다름없었다.

성스러운 십자가, 미션 산타크루즈

산호세에서 서쪽으로 30분 정도 떨어진 산타크루즈시는 서쪽은 태평양과 접해 있고 동쪽은 산타크루즈 산맥과 접한 어촌 마을의 분위기가 나는 도시로 빅토리아풍의 사랑스런 주택과 작은 상점들이 가지런히 늘어선 소박한 마을이다. 산타크루즈시의 다운타운에서 몇 블럭 떨어진 곳에 미션 산타크루즈(Mission Santa Cruz)가 있다. 미션은 조그마한 단층건물로 얼핏 보면 벽은 희고 지붕은 붉은 그저 그런 평범한 건물같지만, 이곳에는 수도사들, 인디언들, 군인

산타크루즈 올드미션과 길 건너에 있는 뉴미션이 대조를 이룬다.

들, 스페인 정착민들, 해적들의 이야기가 한데 섞여 있다. 미션 앞 잔디광장에서 보면 한쪽에 18세기에 만들어진 원래 건물인 올드미션이 있고, 바로 그 길 건너에 새로 지은 뉴미션이 있다.

산타크루즈시는 아름다운 레드우드나무로 둘러싸인 지대로 태평양과 근접해 있다. 이곳은 당시 생명과도 같았던 물을 구하기 쉬운 땅이었고, 주변 나무와 돌들도 건축하기에 알맞았으며, 기후마저 좋아서 미션을 세우기에 거의 완벽하다할 만한 조건을 갖추고 있었다. 그러나 이러한 좋은 여건에도 불구하고 산타크루즈 미션은 크게 번영하지 못하였다.

신부 라수엔이 이 그림 같은 도시에 십자가를 세울 때만 해도 장차 다가올 미션의 불운한 미래를 예견하지는 못했을 것이다. 미션 산타크루즈에서는 신부들이 매우 엄하게 인디언들을 다뤘다. 학대받는다고 여기던 인디언들은 결국 폭동을 일으키게 되고 그로 인해 결국 신부가 살해 당하는 사건이 발생했다. 미션을 관리하던 신부는 어느날 밤 아픈 환자가 있으니 급히 와 달라는 전갈을 받고 홀로 길을 나섰다가 돌아오는 길에 다른 인디언들의 공격을 받았던 것이다. 이 시기는 설상가상으로 가축들도 잘 죽고 농사도 안 되던 때라 실망한 인디언들이 하나둘 미션을 떠나버리고 순조로운 출발을 보였던 산타크루즈 미션은 완전히 실패로 끝나버린 미션이 되었다.

올드미션이 있던 자리 바로 옆에 뉴미션이 세워졌다. 고딕양식

산타크루즈 뉴미션 탄생 100주년을 기념하여 세운 화강암 아치.

을 부활시킨 디자인의 홀리크로스(Holy Cross)교회로 산타크루즈의 영어식 명칭이 바로 성스러운 십자가를 뜻하는 홀리크로스이다. 뉴미션은 스테인드글라스 장식의 창이 본당 양쪽으로 연속해서 나 있고 본당 한가운데에도 길쭉한 창을 내 역시 스테인드글라스 장식을 하였다. 전방과 좌우 세 방향에서 들어오는 강한 빛이 컬러풀한 스테인드글라스 장식으로 통과되면서 실내를 황홀한 빛으로 수놓고 있다. 황홀하지만 경박하지 않은 절제된 화려함이 내재되어 있는 현대적인 시설을 갖춘 교회다. 아치형의 천정에는 성인들의 얼굴을 조각하여 모셔 놓은 동상들이 있으며, 뉴미션 앞에는 1891년에 미션 산타크루즈 탄생 100주년을 기념하여 세운 화강암 아치가 서 있다.

태평양 해안도로, 몬트레이 17마일 드라이브

샌프란시스코 남쪽으로 약 200km 거리에 있는 몬트레이 반도는 19세기 세계적 명성의 어항으로 유명했지만, 지금은 유명 골프장인 페블비치 골프장를 비롯하여 아름다운 골프장들이 들어서 있는 것으로 더욱 알려져 있다. 몬트레이 반도의 해안선을 따라 이어진 도로의 길이가 총 17마일 정도 된다고 하여 '17마일(27km) 드라이브' 라 부른다.

몬트레이시 북쪽에서 출발하여 바닷가를 따라 내려가면 왼쪽으로는 인공 건축물의 아름다움과 오른쪽으로는 자연 그대로의 해안선이 절묘한 조화를 이룬 멋진 드라이브 코스가 펼쳐진다. 17마일 드라이브 코스 내에는 유명 연예인들의 독특하고 아름다운 별장과 해안가의 골프장, 그리고 새파란 잔디 위에서 골퍼들과 함께 유유자적 노니는 수십 마리의 사슴 행렬들을 볼 수 있다. 어디에 서서 사진을 찍어도

그림엽서가 되는 절경이 펼쳐져 있다. 몬트레이 반도에는 마돈나, 클린트 이스트 우드, 실베스타 스탤론 등 할리우드 유명 배우들의 별장이 많이 있으며 17마일 드라이브 코스는 주로 로맨틱한 영화에 수없이 등장하고 있다. 섹시 스타 샤론 스톤과 마이클 더글러스 주연의 영화 '원초적 본능'도 17마일 드라이브 길에 있는 한 저택에서 촬영했다고 한다.

한참을 달리면 이곳 17마일 드라이브의 상징과도 같은 고독한 삼나무(Lone Cypress)가 절벽 아래 바닷가 바위 위에서 온갖 세월의 풍상을 다 견디고 300여 년 동안 굳굳하게 버티고 서 있는 모습을 볼 수 있다. 어떤 곳은 장쾌하고 어떤 곳은 아기자기한 바다의 모습을 보여주는 17마일 드라이브 코스의 백미는 역시 페블비치 골프 코스라고 할 수 있을 것이다. 전 세계 모든 골퍼들의 꿈이 바로

자연 그대로의 해안선이 절묘한 조화를 이루고 있는 몬트레이 해변.

몬트레이 해안의 상징인 고독한 삼나무.

이곳 페블비치 골프장에서 라운딩을 한 번 해 보는 것이라고 하니 그 명성을 미루어 짐작할 수 있을 것이다. 매년 PGA나 LPGA도 이곳에서 열린다. 골프계에 전설처럼 전해오는 이야기가 있다. 수많은 PGA 타이틀을 보유한 잭 니클라우스는 "만약 나에게 일생에서 단 한 번의 라운딩 기회만 주어진다면 나는 주저없이 페블비치를 선택할 것이다"라고 말했다고 한다. 태평양의 절경과 부딪히는 파도의 장관, 울창한 소나무 숲이 어우러지는 경관은 보는 사람의 입을 저절로 벌어지게 만든다. 세계 최고의 실력을 갖춘 미국 프로골퍼들의 설문조사에서 항상 1위로 손꼽는 골프 코스의 최고봉이라 할 수 있다. 천혜의 자연경관을 가급적 훼손하지 않고 절묘하게 조화시킨 혼신의 노력이 세계적인 명소를 만든 원동력이 아니었나 생각한다. 1919년 당시 금액으로 10만 불을 들여 만

든 환상적인 이 골프장의 설계는 일반인의 예상과 달리 그때까지 골프장을 한 번도 설계한 적이 없는 아마추어 골프 챔피언이었던 잭 네빌(Jack Neville)이 했다고 한다.

카멜시로부터 태평양을 끼고 해안고속도로를 따라 약 44km 정도 남쪽으로 가면 빅서(Big Sur)라는 작은 마을에 도착한다. 마을 앞쪽은 가파른 절벽의 해안이고, 뒤편으로는 로스 패드리스 국유림

절벽과 절벽을 이어주는 빅스바이 브리지.

이 펼쳐져 있다. 이곳은 특히 자연을 사랑하는 사람들이 즐겨찾는
곳인데, 이 마을에서 가장 큰 볼거리는 길이 218m의 빅스바이 브
리지(Bixby bridge)로 자동차 광고나, 영화에도 자주 등장하는 다리
이다. 빅서에서 시작하여 남쪽으로 100km까지에 이르는 도로는
캘리포니아 전체 해안 도로 중 가장 아름다운 길로 꼽힌다. 절벽과
그 뒤로 나타나는 자연의 모습을 간직한 원시림의 절경은 보는 이
의 발길을 붙잡는다.

쪽빛 바다와 바다 안개가 어우러져 장관을 이루는 빅서 해안.

가장 아름다운 미션, 미션 카멜

몬트레이반도의 남쪽에 있는 카멜시의 다운타운은 시 전체가 나무로 둘러싸여 울창한 숲을 연상시킨다. 주택가 뿐만 아니라 상가가 밀집된 지역도 나무가 많다. 건물과 건물 사이에 나무를 심어 놓은 것이 아니라 마치 나무와 나무 사이에 건물을 만들어 끼워 넣은 것처럼 보인다. 한때 예술가들이 많이 모여 살았던 마을인 만큼 지금도 갤러리들이 많이 눈에 띈다. 고급스런 보석가게, 옷가게, 유럽풍의 베이커리, 멕시코풍의 식당 등이 과하지도 부족하지도 않게 고만고만한 크기로 세련되고 멋진 분위기를 내고 있다.

'제2의 러브스토리'라는 세평을 받은 로버트 제임스 월러의 원작소설『매디슨 카운티의 다리(*The Bridges of Madison County*)』는 영화로도 만들어져 많은 사람들의 사랑을 받았다. 감독겸 주연을 맡았던 배우 클린트 이스트우드는 메릴 스트립과 함께 아름답지만 가슴저미도록 안타까운 중년의 사랑을 열연했다. 수많은 서부영화에도 출연했던 클린트 이스트우드가 1980년대 이곳 카멜시의 시장직을 맡기도 했었다. 회화 같은 도시 카멜의 외곽에 카멜 미션(Mission San Carlos Borromeo de Carmelo)이 자리잡고 있다.

미션 카멜은 카멜시와 궁합이 딱 맞는 매우 아름다운 미션으로 1770년에 두 번째로 건축된 캘리포니아에서 가장 아름다운 미션이라고 일컬어진다.

아이비가 덮힌 둥근 아치형의 미션 입구에서 보면 바로크풍의

동화 속 같은 카멜 시가지 풍경.

아름다운 석조 교회가 보인다. 교회의 종탑에는 별 모양의 창문이 있어 매우 인상적이다. 카멜 미션의 멋진 디자인은 멕시코에서 온 뛰어난 석공예 장인의 지휘 하에 만들어졌다. 종탑 가운데에 별 모양의 창문을 만들어 이 창을 통해 햇빛이 들어오게 했는데 이런 아름답고 독특함은 다른 캘리포니아 미션과 차별을 주고 21개 미션 중 '가장 아름다운 미션'이라는 명예를 안게 했다. 미션 입구를 안쪽에서 보면 수도사가 아기 천사를 안고 있는 상이 입구의 양쪽으로 서 있다. 이곳은 매일 오전, 오후, 저녁 이렇게 하루 세 번씩 미사가 열리며 일요일에는 많은 사람들이 모여 예배를 드린다. 그래서인지 미션은 항상 많은 사람들로 붐비고, 미사를 마치고 나오는 주민들과 관광객이 섞여 하나가 된다. 언제 봐도 활기 넘치며 생명력이 꿈틀대는 살아 있는 미션이다. 사람들의 발길이 드문 한적한

뒷뜰에서 바라 본 고즈넉한 카멜 미션.

외진 곳에 위치한 미션들과는 대조적인 모습이다. 자갈돌을 박아 놓은 미션 앞마당에는 야생화가 천연색의 자연미를 뽐내고 있다. 무채색 돌담과 돌길에 붉은색과 흰색의 꽃으로 인위적으로 화사하게 색을 맞춰 심어 포인트를 준 것이 아름다워 눈길을 잡는다. 사람의 힘으로는 만들 수 없을 것 같은 푸르디 푸른 하늘이 뒷배경이 되어 한 폭의 그림같은 미션을 더 돋보이게 해준다. 미션의 뒤뜰도 놓치지 말자. 고즈넉하고 이국적인 뒤뜰에서 보는 미션의 종탑은 참으로 아름답다.

카멜 미션에는 '캘리포니아 미션의 아버지' 라 불리는 세라 신부가 영원의 잠을 자고 있다. 세라 신부는 새로운 미션을 짓지 않고 한 곳에 머무를 때면 언제나 카멜 미션을 자신의 거처로 정하고 이곳에서 살았다. 그리고 이곳에 잠들어 있다.

미션 안에는 세라 신부의 기념 예배당이 있는데 이곳은 원래 미션의 그랜드살라(Grand Sala)로 불리는 리셉션룸으로 신부들이 공식적인 손님들을 맞이하던 방이었다. 이곳은 볼거리가 많아 흥미로운 곳이다. 리셉션룸 옆에는 작은 도서관이 있는데, 이 도서관은 1770년에 만들어진 것으로 캘리포니아의 첫 번째 도서관이다. 도서관에 소장되어 있는 대부분의 책은 세라 신부가 바하캘리포니아에서 가져왔다고 한다. 고서들은 세월의 연륜만큼이나 닳고 닳아 빛이 바랬다.

도서관 옆에는 손님용 식당이 있다. 카멜 미션 역시 건립 당시 호텔의 역할까지 수행했으므로 손님용 식당으로 쓰이던 곳이다. 이곳은 당대 유명한 사람들이 손님으로 다녀갔다는데 당시의 스페인과 멕시코의 캘리포니아 주재 고위 정부관리와 프랑스, 영국의 탐험가들이 들러갔다는 기록이 남아 있다. 식당 옆에는 작은 부엌이 있는데 규모는 작지만 더운물을 쓸 수 있게 만들어 놓은 장치가 있는 걸로 봐서 그 당시 최신식 설비를 갖춘 곳이었음을 짐작하게

1)

1. 미션의 아버지, 세라 신부 영면의 순간을 담은 조각상이 전시되었다.
2. 신부들이 지내던 공간을 연출해 놓은 박물관 내부.
3. 녹색 예복을 차려입은 신부가 예배 드리러 오는 주민들을 맞이하고 있다.

해준다. 미션에는 아주 작은 세라 신부의 방이 있다. 검소함과 함께 경건함마저 느끼게 해 주는 방이다. 카멜 미션은 전 세계 사람들이 찾는 곳이며 교황 바오로 2세도 1987년 미국에 왔을 때 이곳을 방문하였다.

이백 년전 뱃사람이 그린 예배당의 아름다움, 미션 샌후안 바우티스타

샌후안 바우티스타시는 조용한 시골 마을로 흙냄새에 닭 우는 소리까지 들려오는 정겨운 마을이다. 산호세 등 실리콘 밸리 지역에서 남쪽으로 50km 밖에 떨어지지 않았지만 첨단 실리콘 밸리의 현대 도시 이미지가 이곳에서는 전혀 느껴지지 않는다. 오히려 캘리포니아 미션들이 건립되던 18세기에서 시간이 멈추어 버린 것 같은 느낌을 준다.

샌후안 바우티스타 미션(Mission San Juan Bautista)은 1797년 세라 신부의 뒤를 이어 미션의 수장직을 맡은 라수엔 신부의 책임 하에 세워진 15번째 미션이다. 프란체스칸 수도사들은 미션 카멜과 미션 산타크루즈 사이의 지역에 가톨릭으로 개종하지 않은 인디언들이 많이 살고 있다는 것을 알고 이곳에 새로운 미션을 짓기로 결정했다. 개종시켜야 할 인디언들이 많이 사는 곳이야 말로 미션을 세울 최적의 조건이었기 때문이다.

샌후안 바우티스타 미션 예배당의 구조는 독특하며 장엄하다.

조용한 시골마을에 자리한 샌후안 바우티스타 미션의 전경.

21개 미션 중에서 예배당의 크기가 가장 넓다. 일반적으로 미션의 예배당은 양쪽으로 의자들이 놓여있고 가운데 하나의 중앙통로가 있는데 이곳은 다른 미션의 예배당과는 달리 세 개의 통로가 있어 좌우로 시원스럽게 넓게 트여 있다. 한때 미션이 번영을 누렸음을 증명하는 넓이이다. 미션 예배당 건물이 크다 보니 신부들은 또 하나 걱정거리가 생겼다. 바로 지진에 취약하지 않을까 하는 근심이었다. 1800년대에 캘리포니아에는 대지진을 비롯하여 잦은 지진이 일어났는데, 이러한 지진은 21개의 미션 건축과 미션 생활에 많은 영향을 주었다. 그리하여 생각해낸 방법이 두 개의 양쪽 통로를 가르는 7개의 거대한 석조 아치형의 버팀벽을 다시 만들어 붙이는 것이었다. 화려한 장식의 석조 아치형 벽이 있는 것과 없는 것의 차이는 상당해서 천정을 지지해주는 기둥이 되기 때문에 건축학적으로도 더 안전할 뿐더러 미관상 장엄하고 화려함을 더해주기까지 한다.

샌후안 바우티스타 미션에는 미술과 음악에 대한 이야기가 전해 온다. 먼저 미술에 대한 이야기 주머니부터 풀어보자. 미션 예배당의 문과 창문, 그리고 아치형 버팀벽에는 온통 화사한 붉은 오렌지색 계열의 꽃문양이 일정한 간격으로 장식되어 있다. 이 꽃문양 장식은 의외로 화가가 아닌 뱃사람이 그려넣은 것이다. 화가가 아닌 뱃사람이 예배당 내부를 이토록 아름답게 만든 사연은 무엇일까 ─ 미 동부 보스턴에 토마스란 이름의 선원이 살았다. 그는 끝도 보이지 않는 바다 위에서 생활하는데 점점 지쳐가고 있었다. 그러

캘리포니아에 정착한
최초의 앵글로 아메리
칸인 토마스가 생존을
위해 그렸던 벽화가 돋
보이는 성대한 샌후안
바우티스타 미션 예배
당 내부.

미션 샌후안 바우티스타 뜰에는 하늘을 향해 기도 드리는 성요한의 조각상이 있다. 멀리 샌호아킨 평원이 펼쳐져 있다.

던 어느날 긴 항해 도중 캘리포니아에 도착하였다. 향긋한 육지냄새가 코속으로 파고들고 따뜻한 햇살이 얼굴을 어루만져주는 기분좋은 곳이었다. 토마스는 이곳에 정착하여 살고 싶어졌다. 그래서이제껏 해온 선원생활을 그만두기로 결심하고 배에서 내렸다. 생면부지의 캘리포니아에 정착한 토마스는 이제 생존을 고민해야 했다. 먹고 잠잘 곳을 찾는 것이 시급했다. 일거리를 찾아 다니던 그는 하루 75센트의 돈을 받고 미션 교회의 벽을 칠하는 일을 맡았다. 비록 예술가는 아니었지만 생존을 위해 토마스가 열심히 그려 놓은 미션 예배당의 꽃문양들은 이백 년이 지난 오늘날까지도 그대로 남아 빛나고 있다. 사실 토마스는 알지 못했겠지만 그는 캘리포니아에 정착하여 살았던 최초의 앵글로 아메리칸이었다고 한다.

다음은 음악 이야기로 넘어가보자. 샌후안 바우티스타 미션에는 음악적 재능이 매우 뛰어난 타피스(Tapis)라는 신부가 있었다. 타피스 신부는 스스로 작곡도 하였으며 인디언들이 쉽게 알아보고 배울 수 있는 독창적인 악보도 만들어 사용하였다. 음악을 공부하지 않은 사람들도 쉽게 읽을 수 있는 악보를 만들고자 궁리한 끝에 색을 넣어 만든 악보를

고안해 냈다. 빨강, 하양, 검정, 노랑색을 이용해서 악보를 그린 다음 합창단원 각자에게 해당하는 색을 정해주고 자신의 색이 나올 때 노래를 부르게 하여 멋진 합창을 완성했다. 그가 지휘하는 인디언 소년합창단은 아주 유명해져서 다른 미션을 순회하며 많은 공연을 하였다. 미션에 사는 모든 사람들이 음악을 즐길 정도로 샌후안 바우티스타 미션에서는 음악이 생활의 중요한 부분이 되어 한

번은 미션 밖에 사는 인디언들이 미션 안으로 공격해왔는데 이를 알아차린 타피스 신부는 얼른 오르간 연주를 시작하였다. 아름다운 연주가 오르간 파이프를 통해 흘러나오자 인디언들은 한 번도 본 적이 없는 나무박스에서 소리가 나는 마술같은 일에 놀라기도 하고 궁금하기도 하여 지니고 있던 활과 화살을 바닥에 내려놓고 신기한 듯이 바라보더니 자신들이 미션을 공격하러 왔다는 사실도 잊어버리고 그곳에 더 머물기를 원했다고 하는 일화가 있을 정도이다. 미션에 가면 1825년 타피스 신부가 컬러를 이용해 만든 합창악보가 잘 보존되어 있다.

미션의 뜰에서 보면 가빌란(Gavilan)산이 뒷편으로 자리잡고 있으며 눈앞으로는 곡물이 많이 나는 검은빛의 비옥한 평야인 샌호아킨 밸리가 널찍이 펼쳐져 있다. 신대륙 개척시대 미션의 전형을 지닌 미션 샌후안 바우티스타는 산과 평원이 보이는 언덕 위에서 주일마다 예배를 드리러 오는 이들을 보듬고 말없이 제자리를 지키고 있다.

미국에는 일만 개가 넘는 도시가 있다.
그 중에서 미국인들이 가장 살고 싶어하고
또는 기회가 된다면 꼭 방문해 보고 싶어하는 도시 1위가
바로 샌프란시스코라고 한다. 그리고 일단 샌프란시스코를
한 번이라도 방문해 본 사람들은 자신의 고향 다음으로
좋아하는 곳으로 샌프란시스코를 말한다고 한다

제 7 부
샌프란시스코

소살리토에서 바다 건너 보이는 샌프란시스코 전경.

미국에는 일만 개가 넘는 도시가 있다. 그중에서 미국인들이 가장 살고 싶어하고 또는 기회가 된다면 꼭 방문해 보고 싶어하는 도시 1위가 바로 샌프란시스코라고 한다. 그리고 일단 샌프란시스코를 한 번이라도 방문해 본 사람들은 자신의 고향 다음으로 좋아하는 곳으로 샌프란시스코를 말한다고 한다. 샌프란시스코의 어떤 면이 미국인들에게 샌프란시스코를 가장 매력적인 도시로 선택하게 만들었을까 궁금해진다. 한마디로 정의하자면 샌프란시스코는 스펙터클하고 다양한 색채를 띠고 있다. 그리고 항상 새롭고 진보적인 이슈를 주도해 온 도시로 알려져 있다. 예를 들어 샌프란시스코에서는 1950년대 반문화운동의 태동, 1960년대 히피문화의 유행, 1970년대 베트남전 반전운동의 중심지였으며 현재는 동성애자의 권익운동을 주도하고 있다.

언덕의 도시, 도심 속의 케이블카

샌프란시스코하면 가장 먼저 떠올려지는 것이 언덕과 그 언덕 위를 바쁘게 오르내리는 케이블카일 것이다. 무려 마흔 개가 넘는 높은 언덕과 그 언덕 위로 가파르게 경사진 길을 내고 길 양쪽으로는 서로 높이가 다른 집들이 '도레미파솔라시도'처럼 이어져 있다. 언덕의 경사가 가파른 길에서 차로 언덕길을 오르고 내리는 일은 놀이공원에서 롤러코스터를 타는 기분을 내기도 한다. 눈이라도 내려 빙판길이 된다면 도저히 차로는 다닐 수 없는 길이 되어

경사가 심한 길을 안전하게 다닐 수 있도록 주민들이 자비를 털어서 꾸민 롬바드 꽃길.

스키를 타고 내려가야 할 것 같다. 하지만 다행히도 샌프란시스코
에는 눈이 내리지 않는다.

샌프란시스코 도시 건립 초기에 사람들은 걸어다니거나 말이 끄
는 마차를 타고 다녔다. 그러자니 언덕 위를 마차로 올라가고 내려
가는 것이 여간 힘든 일이 아니었다. 모두 어렵게 언덕길을 마차로
올라 다니고 있던 어느날 마차가 언덕에서 구르는 큰 사고가 발생
하였다. 이 사건을 직접 목격했던 앤드류 할리디(Andrew Hallidie)라
는 사람은 평소부터 언덕 위를 잘 오르내릴 수 있는 새로운 교통수
단이 필요하다고 느끼던 차에 이 사건을 계기로 말대신 전기가 끄
는 차, 케이블카를 만들어 냈다. 이제는 샌프란시스코의 명물이 된
케이블카는 이렇게 언덕으로 이루어진 도시에서 이동의 편의성과

샌프란시스코의 명물이자 주요 교통수단인 케이블카.

안전, 그리고 교통난을 해소하기 위해 탄생했다. 그리하여 1873년 8월 샌프란시스코에 첫 번째 케이블카의 운행이 시작되었고, 도시의 가파른 언덕을 안전하게 오르내릴 수 있는 교통수단이 생기자 샌프란시스코는 더욱 빠르게 성장할 수 있었다.

케이블카와 더불어 샌프란시스코의 영원한 상징물이 되어버린 것이 하나 더 있다. 바로 1937년에 완성된 붉은 오렌지색의 금문교(Golden Gate Bridge)이다. 샌프란시스코는 삼면이 바다와 접해 있는 반도이다. 이러한 반도의 고립된 지형을 극복하기 위해 북쪽의 도시들과 연결해주는 다리의 건설이 필요했다. 건축가 요셉 스트라우스(Joshep Strauss)가 5년에 걸쳐 완성한 금문교는 1964년 뉴욕 부르클린의 베라자노 다리가 만들어지기 전까지 세계에서 가장 긴

샌프란시스코와 오클랜드를 이어주는 베이브리지의 장쾌한 모습.

현수교였다고 한다. 금문교의 양끝에는 전망대가 있어 붉은빛 장대한 금문교와 더불어 샌스란시스코의 고층 건물들이 바다와 어우러진 모습을 조망할 수 있다. 대부분 금문교를 차로 지나면서 보게되지만 원한다면 금문교의 한쪽 끝에서 다른쪽 끝까지 걸어서 갈수도 있다. 금문교를 통해 샌프란시스코가 북쪽의 도시들과 연결되었다면, 1936년 샌프란시스코-오클랜드 간에 놓인 베이브릿지(Bay Bridge)는 샌프란시스코 동쪽 도시들을 연결하고 있다. 양대 다리의 완공으로 샌프란시스코는 보다 활발한 산업, 경제, 문화의 중심지로 발돋움하게 되었다.

샌프란시스코 다운타운

샌프란시스코 다운타운의 중심은 유니언 스퀘어(Union Square)에서 시작된다. 이곳에는 고급 부티크와 백화점이 즐비하고 유니언 스퀘어 옆으로는 백여 년의 역사를 지닌 케이블카가 현대식 고층 건물 사이를 누비고 다니며 거리를 활보하는 사람들의 발걸음은 활기차다. 젊은이들이 많이 찾는 곳이라 더 그러할 것이다. 샌프란시스코에서는 미국의 다른 도시와 차별되는 독특한 매력이 있다. 그것은 많은 인종이 모여 살면서 각자 자기들만의 독특한 문화와 전통을 고수하면서 어울려 사는데 표현하자면, 전체적으로 화려한 모자이크의 무늬를 만들어 내면서도 그것을 구성하는 각 부분 부분 조각들의 독특한 색채와 매력을 잃지 않는 모습이라 하겠다. 길거리를 걸어 다니다 보면 중국, 인도, 필리핀, 베트남, 유럽 각국 그리고 멕시코, 페루 등 남미에서 온 사람들이 보인다. 일본인들이 모여사는 니혼 마치, 이탈리아 이민자들의 리틀 이탈리아, 중국인들의 차이나타운과 히스패닉 커뮤니티 등이 샌프란시스코에 자리잡고 있다.

샌프란시스코 내 소수민족의 커뮤니티 중에서 가장 화려하고 독특한 색채를 드러내는 것은 차이나타운으로 규모 면에서 아시아 지역 밖에서는 가장 크다고 한다. 19세기 골드러시 때 중국인들이 일거리를 찾아 처음으로 샌프란시스코에 건너 온 것이 계기가 되었고 이후 많은 중국 사람들이 아메리칸 드림을 꿈꾸며 이 지역에

1. 샌프란시스코 다운타운의 중심인 유니언 스퀘어.
2. 차이나타운의 입구에 세워진 드래곤 게이트.

미 서부 금융의 중심인
파이낸셜 디스트릭트.

정착해서 지금의 차이나타운을 키워 왔다. 차이나타운을 알리는 초입에는 드래곤 게이트가 서 있다. 차이나타운의 중심가인 그랜트 애비뉴는 중국 음식과 갖가지 중국식 잡화를 파는 상점과 행인들로 붐빈다. 중국 식당은 진짜 중국에 있는 마을에 온 듯한 분위기를 내기에 부족함이 없다. 차이나타운은 중국 사람 뿐만 아니라 다른 인종의 사람들로 항상 북적이며 대단히 소란스러우면서도 삶의 건강한 활기가 넘쳐나는 즐거운 곳이다.

샌프란시스코는 1849년 캘리포니아에 불어 닥친 골드러시(Gold Rush) 이래로 미국 서부지역의 자본과 금융의 중심이 되어 왔고, 이 역사는 오늘날까지 이어져 지금도 미국 서부지역의 가장 중요한 금융시장이며 뉴욕의 맨해튼과 비견되어 서부의 월스트리트라고 불리우는 금융가(Financial Distrct)가 도심의 한가운데 자리잡고 있다. 또한 미국의 중앙은행인 연방준비제도위원회의 서부지역 본부 역시 이곳에 있다. 금융가 일대와 엠바카데로(embarcadero), 사우스마켓(South Market) 지역은 고층 빌딩들이 솟아 있어 샌프란시스코의 수려한 스카이라인을 만들고 있다. 52층의 뱅크 오브 아메리카 빌딩과 트랜스 아메리카 피라미드 등 기념비적인 빌딩들도 이곳에 자리잡고 있다. 이렇듯 샌프란시스코는 미국 서부지역 경제와 행정의 중심 지이면서 또한 풍부한 예술적 감성과 영감의 온상이 되고 있다. 전세계 현대 예술가들을 매혹시키는 퍼포밍 아트의 중심이 되고 있어서인지 유럽의 도시에서 흔히 볼 수 있는 거리의 예술가들을 쉽게 만날 수 있다. 유명한 관광지인 골든게이트 파크(Golden Gate Park)와 피셔맨스와프 지역은 주민들 뿐만 아니라 관광객들로 항상 붐비는 곳인데 길을 거닐다보면 한쪽에서는 마임을 하는 배우, 그리고 다른 쪽에서는 연주하는 길거리 악사들을 쉽게 마주치게 될 것이다. 바로 샌프란시스코를 여행하면서 만나는 또 다른 즐거움이다.

특히 아름다운 공원이 많아서 따뜻한 날이나 안개 낀 날, 비내리는 추운 날이라도 사람들은 골든게이트 파크로 간다. 바다와 접해 있고 금문교가 올려다 보이는 이곳은 언제 가더라도 독특하고 색다른 분위기가 느껴진다. 그러나 한 세기 전만 해도 전문가들은 이 공원이 대규모의 공원으로는 적합하지 못하다고 생각했다. 그렇지만 모래가 많고 바람이 많이 부는 곳으로 식물이 자라기 어렵다는 이유로 또한 이 지역 땅값이 매우 쌌기 때문에 시에서는 공원부지로 지정하게 되었다. 스코틀랜드인 존 맥래런(John MaLaren)은 '자연으로 난 창문' 이란 컨셉트로 공원을 설계하였다. 식물을 심을 수 있게 모래를 퍼내고 땅을 가꾸었으며 온갖 공을 들인 골든게이트 파크는 뉴욕의 센트럴 파크보다 더 크며 아름다운 나무, 꽃, 폭포, 연못, 호수, 잔디가 어우러진 멋진 모습을 갖추게 되었다.

샌프란시스코 지역의 명물 중 하나는 삼면으로 둘러싸인 바다에서부터 육지로 불어오는 안개다. 바다 안개가 도시 전체를 감쌀 때 삐쭉 솟아오른 빌딩숲의 모습은 마치 하늘에 떠 있는 전설의 도시를 연상케 한다. 특히 바다 안개는 한여름 캘리포니아 내륙지방이 뜨겁게 달아오를 때 샌프란시스코를 안개낀 여름날로 지속시켜 선선한 날씨로 즐길 수 있게 하고, 반대로 가을이 되어 내륙지방의 기온이 내려갈 때면 샌프란시스코 해안은 기온이 올라가 햇살 좋은 따뜻한 날씨를 즐길 수 있게 해준다. 그래서 샌프란시스코는 여름일지라도 아침저녁으로는 쌀쌀하다. 이와 같은 기후에 대해 미국의 유명한 극작가 마크 트웨인(Mark Twain)은 "내가 경험한 가장 추운 겨울은 샌프란시스코에서 보낸 여름이었다"라는 유명한 이야기를 남겼다.

샌프란시스코가 바다와 접해 있기 때문에 흥미로운 장소도 주로 바다와 인접한 곳에 많이 있는데 대표적인 곳이 피셔맨스와프(Fisherman's Wharf)다. 옛날에 어부들이 배를 이곳의 부두에 대고 잡은 고기를 내렸다고 하여 붙여진 이름이다. 피셔맨스와프에 가면 갓 잡은 게를 통째로 뜨거운 가마솥에 넣어 쪄서 판다. 사람들이 길거리 가판에 서서 신선한 게를 사 먹는 모습을 쉽게 볼 수 있는데 다른 곳에서 먹는 게맛과는 사뭇 다르게 입안 가득 싱그럽고 고소한 담백함이 먹는 사람마다 감탄을 자아내게 한다. 다른 먹거리로는 클램차우더나 쉬림프칵테일 같은 해산물 요리가 있다. 피셔맨스와프에는 언제나 길거리 공연이 있어 바다를 배경으로 멋진

그리스 신전 건축양식을 본 딴 현대 미술관.

재즈를 들으며 행위예술가들이 벌이는 퍼포먼스를 볼 수 있다. 세
계 도처에서 온 각양각색의 관광객들과 근처를 분주히 다니는 마
차와 케이블카까지 늘 북적대면서도 살아가는 재미가 솔솔 묻어나
는 곳이다.

　피셔맨스와프가 있는 피어 39에서 바라보면 알카트라즈 섬이
보인다. 이 섬은 1934년부터 1963년까지 'The Rock' 이라는 닉네
임이 붙은 연방교도소였다. 섬을 둘러싸고 있는 위험한 해류의 흐
름과 차가운 수온이 수감자들의 탈출을 어렵게 하여 지금까지 살
아서 이 교도소를 탈출하여 빠져나간 죄수는 한 명도 없었다고 한
다. 지금은 관광지로 개발되어 관광객들에게 개방 중이며 1996년
숀 코넬리와 니콜라스 케이지가 주연한 액션영화 'The Rock' 의
실제 무대가 되었던 곳이다.

과거와 현재가 공존하는 곳,
미션 샌프란시스코

'미션 돌로레스'라는 이름으로 더 잘 알려진 샌프란시스코 미션 (Mission San Francisco de Asis)은 샌프란시스코 시내의 한가운데에 있다. 때는 바야흐로 1776년 6월의 어느날로 거슬러 올라간다. 많은 수의 남자, 여자, 아이들, 프란체스칸 수도사들과 군인들이 새로운 미션을 지을 샌프란시스코를 향해 삼삼오오 모여 들었다. 이윽고 배가 한 척 도착하더니 더욱 많은 사람들과 물건들을 내려주고 떠났다. 사람들은 이곳에 새로운 미션을 건립하고 마을을 건설하기 위해 왔으나 정작 미션 지을 땅을 축복하는 의식이 벌어졌을 때 인근에 사는 인디언들은 단 한 명도 오지 않았다. 샌프란시스코 지역의 축축하고 추운 날씨로 인해 인디언들이 별로 살고 있지 않던 곳이었기 때문이었다. 미션을 건립하고 한 해가 지나도록 세례받은 인디언이 단 한 명도 나오지 않을 정도였다. 그래서 신부들은 개종한 인디언이 생기면 다시 미션으로 안 돌아올까봐 꼭 붙잡고 절대로 고향으로 보내주지 않았다고 한다. 미션이 운영되려면 인디언들이 반드시 필요했는데 사실 인디언들은 월급도 주지 않고 일을 시킬 수 있는 노동력이기도 했던 것이다.

샌프란시스코 미션은 한 번도 부유함을 누려보지 못했다. 무엇보다 날씨가 좋지 않았으며 땅도 모래가 많아 농사에 적합하지도 않았다. 심지어 농작물의 수확량이 적어 가축을 식량으로 삼을 정

화려한 조각이 돋보이는
미션 샌프란시스코 예배당 정면과
야외에 세워진 고뇌하는
세라 신부의 석상.

미션 샌프란시스코의 올드미션과 뉴미션이 나란히 서 있다.

도였다고 한다. 설상가상으로 미션에 전염병이 창궐하여 한 해 동안 무려 오천 명의 인디언들이 죽었다. 문제가 점점 심각해지자 환자들이 양지바른 곳에서 건강을 회복할 수 있도록 돕기 위해서 1817년 샌프란시스코 북쪽의 따뜻한 샌라파엘 지역에 미션 병원을 열었다. 이 병원은 나중에 미션 샌라파엘(San Rafael)이 된다. 여러 가지 어려움을 겪은 미션 샌프란시스코는 1832년 멕시코 정부의 미션 세속화 정책에 의해 세속화된 후 줄곧 방치되다가 1849년부터 시작된 골드러시가 샌프란시스코를 바쁜 도시로 탈바꿈시키고 나더니 이 시기에 밀려 든 사람들이 미션 주변으로 모여 들었고 잠자고 있던 조용한 미션을 그제야 흔들어 깨웠다. 세속화된 이후 미션은 주로 말 경주장이나 도박장소로 쓰이고 때로는 선술집이 되기도 하였었다. 가장 순수한 종교적인 신념에 따라 만들어진 미션이 세월의 부침에 따라 가장 세속적인 모습으로 변해가기도 했던 것이다.

원래 세워진 올드미션 바로 옆에 새로 지은 교회가 있다. 이 교회는 골드러시 때 많은 사람들이 샌프란시스코로 유입되면서 이들을 위한 종교적 행사를 치르기 위해 더 큰 교회가 필요하게 되어 원래의 올드미션 옆에 세운 것이다. 올드미션과 뉴미션은 나란히 붙어 있으면서 하나는 과거를 하나는 현재를 보여 준다. 인디언들이 정성으로 만들었던 올드미션은 1906년 대지진 때도 무너지지 않고 살아 남아 오늘날 샌프란시스코에서 고스란히 남아 있는 가장 오래된 건물이 되었다. 그런데 오히려 새로 지은 뉴미션은 올드미션보다 더 크고 나중에 지었음에도 불구하고 지진 때 파괴되고 말았다. 기술의 진보와 크기가 반드시 생존과 번영을 담보하는 것은 아니라는 생각이 든다.

소살리토와 뮤어우드 내셔널 모뉴멘트

　샌프란시스코에서 금문교를 지나서 가장 먼저 나오는 마을이 빅토리아풍의 방갈로가 언덕 위에 아기자기하게 자리잡고 있는 소살리토(Sausalito)이다. 소살리토는 바다를 배경으로 잔디가 덮힌 언덕 위에 그림같은 집들이 있는 시골 마을이다. 소살리토를 직접 보게 되면 마치 스위스의 어느 마을에 와 있는 듯한 착각이 들 정도로 사랑스러운 마을이란 것을 느낄 수 있다. 캔디 가게, 미술관, 부티크 등이 늘어서 있는 분위기 있는 쇼핑가가 다운타운에 있고, 다운타운 바로 옆에는 요트 정박장이 있어 인근의 바다에서 망중한을 즐기는 사람들도 흔히 볼 수 있다. 따뜻한 오후가 되면 사람들이 거리로 나와 아이스크림을 먹으며 햇빛을 즐긴다. 모든 것이 동화 속에 나올 것 같은 낭만적인 모습이고, 저 멀리 바다 건너로 신기루처럼 샌프란시스코 고층 빌딩숲이 보인다.

　소살리토에서 1번 태평양 해안고속도로를 따라 북쪽으로 더 올라가면 뮤어우드(Muir Wood) 내셔널 모뉴멘트가 나온다. 이곳은 세계 최초로 미국에 국립공원 제도를 도입하였으며 자연환경 보존에 힘쓴 인물로 알려진 뮤어우드를 기리기 위해 만든 공원이다. 뮤어

1)

2)

1. 스위스를 연상시키는 고요한
   소살리토의 풍경이 평화롭다.
2. 뮤어우드 내셔널 모뉴멘트의
   우거진 숲, 태고의 원시림같다.

우드 내셔널 모뉴멘트에는 캘리포니아에서만 자란다는 130m 높이의 세계에서 가장 키가 큰 나무인 레드우드(Redwood)의 집단 서식지가 있다. 골드러시 이후 캘리포니아에 도시가 급속도로 발전하면서 도로를 건설하는 등 건축자재로 유용한 레드우드의 무분별한 벌목이 이루어지기 전만 해도 이와 같은 레드우드가 북부 캘리포니아 해안가를 덮고 있었다고 한다. 천년 이상을 사는 하늘 높이 뻗어 있는 키가 큰 나무의 숲 속에 들어서면 나무 냄새가 진하게 풍겨온다. 울창한 나무숲 사이에 서니 마치 태고의 원시림이 이러했으리라 하는 생각이 든다.

치유의 천사, 미션 샌라파엘

샌프란시스코에서 50km 북쪽에 위치한 미션 샌라파엘(Mission San Rafael Arcangel)은 원래 '치유의 천사'라는 이름을 가진 병원이었다. 미션 샌라파엘은 캘리포니아에 첫 미션이 생긴 지 반세기 뒤인 1817년에 생긴 20번째 미션이다. 미션 샌프란시스코에서 전염병이 창궐하여 많은 사람들이 시름하자 환자들을 위해 건조하고 따뜻한 기후를 가진 샌라파엘 지역에 병원을 세웠던 것이 미션의 시초였다. 이곳에 요양 온 환자들이 차츰 회복되었다는 소문은 빠르게 퍼져나가 다른 미션에서도 아픈 환자들이 생기면 샌라파엘 미션으로 보냈다. 이렇듯 미션 샌라파엘은 처음에는 병원으로 시작했으며 후에 미션 샌프란시스코를 보조하는 보조 미션이 되었다.

미션 샌라파엘 바로 옆에는 근사한 뉴미션이 세워져 있다.

샌라파엘 올드미션의 질박한 예배당.

시작이 병원이었기에 미션은 아름다움을 떠나 처음부터 실용적이
고 간단하게 지어졌다. 하나의 긴 건물을 나눠서 여러 개의 방을
만들어 사용했고 미션 안에는 작고 평범한 교회를 지었다. 건물은
병원, 수도사들의 거주지역, 교회의 순서로 단순한 일자형 구조로
지어졌다. 나중에 미션의 규모가 어느 정도 커졌을 때에도 미션의
정형인 사각형의 구조물을 만들지 않고 그대로 일자형 건물을 유
지했다.

　1832년 미션 세속화의 물결이 들이닥친 이후로 미션 샌라파엘

은 버려져서 방치되어 있다가 결국 완전히 손실되고 말았다. 그로

부터 100여 년이 지난 후에 아드리아라는 사람이 미션의 모습을 혼자서 상상하여 그림엽서를 만든 일이 있었다. 뒤에 미션을 사랑하는 사람들이 힘을 모아 미션의 재건축에 앞장섰고 1949년에 미션을 재건축하였는데 안타깝게도 오리지널 미션의 모습이 남아 있지 않아 아드리아 그림엽서의 이미지를 토대로 만들었다고 한다. 하지만 이것도 현재는 남아 있지 않다. 대신 단아한 흰색 건물의 새 교회가 지어졌다. 3개의 종탑 위로 각각 금빛 십자가가 있어 햇살에 찬란한 빛을 더하는 아름다운 자태를 지닌 교회이다.

세계적 명성의 캘리포니아 와인 산지 나파와 소노마 밸리

샌프란시스코에서 북쪽으로 한 시간 정도 차로 달리면 세계적 명성을 얻고 있는 캘리포니아 최고의 와인 생산지인 나파와 소노마 밸리가 나온다. 남북으로 약 50km에 걸쳐서 무려 273개의 크고 작은 와이너리(포도 양조장)가 밀집되어 있으며 매년 5백만 명 이상의 관광객이 들른다고 한다. 이 수치는 단일 관광지로서 LA의 디즈니랜드에 이어 두 번째로 많은 것이라고 한다. 이 지역은 광활한 포도밭이 장관을 이루며 펼쳐져 있고 포도밭 위로 고풍스런 유럽의 성채를 본뜬, 혹은 빅토리아 스타일로 우아하게, 때로는 지중해풍의 모던한 와이너리들이 보인다. 사람들은 마음에 드는 와이너리에 들러 샘플로 파는 와인을 시켜 마셔보며 자신의 입맛에 맞는 와인을 고른다. 각각의 와이너리들은 드넓은 포도밭을 차를 타

소노마 밸리 드넓은 포도밭에 자리한 유럽의 성채같은 와이너리.

고 돌아보는 코스도 개발하여 자사의 와인을 홍보하고 있다.

　미국의 주요 4대 와인 생산지는 캘리포니아, 워싱턴, 오레곤, 그리고 뉴욕주를 꼽는다. 이중 캘리포니아에서 미국 전체 와인 생산량의 90%를 담당하고 있어 흔히 미국에서 나오는 와인하면 캘리포니아 와인을 말하는 것이라고 보면 된다. 캘리포니아 와인 중 가장 고급스럽고 유명한 상위 10%의 와인이 바로 나파와 소노마 밸리의 포도밭과 와이너리에서 나온다. 이 지역에서 유명한 와인이 많이 생산되는 이유는 이곳의 토양과 기후 그리고 해발 고도 등이 질 좋은 포도의 생산에 적합하고 또한 바닷가에서 불어오는 시원하고 건조한 바람과 안개가 거들어 최적의 와인을 만들 수 있도록

프랑스 모에샹동사에서 캘리포니아에 만든 와이너리.

포도의 당도와 산도 등을 조절해 주기 때문이다.

프랑스, 이탈리아, 스페인 등 전통적인 유럽의 '구대륙' 와인과 대비하여 '신대륙' 캘리포니아 와인의 특징이라면 전체적으로 달콤한 기운이 더 많으며 가벼운 느낌이 들어 마시기 편한 점을 들 수 있고, 신대륙 와인의 이미지에 맞게 새롭고 실험적인 와인 제조 방식을 통해 와인의 새로운 지평을 열었다는 점을 들 수 있다. 1990년대 중반 캘리포니아의 스태그립 와이너리의 1973년산 까르베 쇼비뇽(Cabernet Sauvignon) 와인이 프랑스 파리에서 열린 와인 시음대회에서 와인의 본고장인 프랑스의 쟁쟁한 와인들을 물리치고 우승을 차지한 일을 계기로 캘리포니아 와인의 명성이 더욱 더 알려지게 되었다.

이곳 포도 재배와 와인 제조에 좋은 조건을 갖추고 있는 나파와 소노마 밸리에는 프랑스의 유명한 와이너리가 진출해 있는데, 간단히 프랑스 포도원의 미국 지점이라 할 수 있겠다. 또한 욘트빌(Yountville)이라고 나파 밸리 지역에 처음으로 정착해서 포도원을 재배하기 시작한 죠지 욘트빌의 업적을 기려 그의 이름을 딴 자그마한 마을이 있는데, 이곳에는 샴페인 생산으로 유명한 프랑스의 모에샹동사에서 만든 와이너리인 다메인샹동(Damaine Chandon)이 있어서 샴페인을 직접 시음해 볼 수 있다. 그리고 바로 옆 건물에 있는 나파 밸리 박물관에 가면 나파 밸리의 역사를 비롯해 와인 생산 공정, 숙성 과정, 인체에 미치는 영향 등이 알기쉽게 도표로 그려져 있어서 와인에 대한 상식을 넓히는 데 도움을 준다.

마지막 미션, 미션 소노마

포도나무가 뒤덮고 있는 캘리포니아의 소노마 골짜기, 유럽인들이 이곳에 도착하기 수천 년 전부터 아메리카 원주민인 인디언들이 이곳에 살고 있었다. 밤 하늘에 달이 떠오르기 전 일곱 개의 산봉우리 뒤로 달빛이 나타났다 다시 사라지기를 일곱 번 되풀이 하는 겨울달의 궤도를 지켜보며 살았던 인디언들의 고향인 이곳은 '달의 계곡'이라 불렸다. 나중에 스페인 신부 알티미라가 이곳 소노마에 미션(Mission San Francisco de Solano)을 지으러 왔을 때 인디언

시골의 토담집 같은 소박한 분위기의 미션 소노마.

들은 신부에게 산을 따라 넘어가는 달의 궤도를 보여주며 이곳은 달의 계곡이라고 일러주었다. 이렇게 달의 계곡은 소노마 타운과 미션 소노마라 불리우는 솔라노 미션(Mission San Francisco Solano)의 고향이 되었다.

1823년에 생긴 소노마 미션은 스페인이 세운 스물한 개의 미션 중에 맨 마지막에 생긴 미션이며 캘리포니아 가장 북쪽에 있는 미션이다. 소노마 미션은 멕시코가 스페인으로 부터 독립한 뒤에 지어진 유일한 미션이다. 스페인의 지배가 끝났는데 왜 미션이 더 건립되었는가 하면 대부분의 미션들이 1700년대 말에서 1800년대 초반에 지어졌는데, 1800년대 초 스페인의 영토는 아래로 샌디에고에서부터 위로 샌프란시스코에 이르렀지만 샌프란시스코 위쪽의 땅은 스페인의 손길이 닿지 않고 있었다. 그러던 차에 스페인에서 온 신부 알티미라가 미션 샌프란시스코에 합류해서 보니 미션

미션 트레일의 마지막
미션임을 알려주는 표석.

샌프란시스코의 형편이 말이 아니었다. 춥고 습한 기후에 땅도 비옥하지 않아 먹을 것을 구하기도 어려웠고 겨우 50여 명의 개종한 인디언들이 미션에서 힘겹게 일하며 살고 있는 것을 보았다. 그는 미션 샌프란시스코의 시대는 마감했다는 편지를 멕시코 정부에 띄우고 미션 샌프란시스코의 문을 닫고 새로운 미션을 지을 것을 허락해 달라고 요청했다. 더불어 신부 알티미라는 자신이 운영하는 독립된 미션을 갖고 싶기도 했다.

이 당시 러시안 모피 사냥꾼들이 샌프란시스코 북쪽에 요새를 만들어 살고 있었는데 멕시코 정부는 러시아가 캘리포니아에 손을 뻗어오는 것을 못마땅하게 여기고 있던 터였다. 알티미라 신부는 멕시코 정부 관리로 일하고 있는 친구를 찾아가 소노마 지역에 새 미션을 지으면 러시아인이 캘리포니아에 진출하는 걸 막는 역할도 할 수 있다는 제안을 하여 멕시코 정부로부터 소노마에 새 미션을 짓는 승인을 받았다. 그러나 이 일이 가톨릭교회에 알려지자 다른 신부들의 항의를 받았다. 원래 새로운 미션을 건립하고자 할 때는 가톨릭교회로부터 승인을 받아야 했는데 소노마 미션은 그 절차를 거치지 않았기 때문이다. 전통적으로 기존의 미션들이 새로 지은 미션이 정착할 수 있도록 초기에 도움을 주는 것이 일반적이었으나 소노마 미션은 초기의 감정적 대립 때문에 주변 미션에서 도움을 거의 받지 못했다. 오히려 경계하고자 했던 러시안들이 미션을 위해서 가축을 조금 나눠줬다고 한다. 자신의 미션을 가지고자 했던 알티미라 신부는 처음의 야망과는 달리 미션 운영에 실패하여 인디언들의 반감을 사고 결국 여러 미션을 전전하다가 스페인으로 돌아갔다. 그 뒤 소노마 미션에는 인성이 좋은 신부가 부임하여 점차 인디언들이 미션으로 되돌아 왔는데, 미션에 부임한 신부의 성품에 의해 미션의 흥망이 좌우되는 일은 기록에서 자주 찾아 볼 수 있다.

소노마는 관광객의 마음을 햇살로 사로잡는 곳이다. 소노마의 햇살은 포도의 당도를 높여 질좋은 포도를 생산할 뿐만 아니라 사람들 마음 속 당도까지 높여주는 듯 햇살의 달콤함에 녹아들어 심성이 저절로 부드러워지니 말이다. 미션의 예배당은 아주 심플하다. 지금은 예배를 보지 않는 곳이라 안에는 의자도 놓여 있지 않지만 일부러 가꾸지 않은 안뜰이 수수한 미션과 더할 나위 없이 잘 어울린다. 그래도 황폐해 보이지 않고 정겹게 느껴지는 것은 가을 날의 햇살 덕분일까? 그 흔한 잔디 정원도 없고 시골집 마당같은 흙마당 뜰에 다른 미션에는 꼭 세워져 있던 세라 신부의 동상도 없다. 두드러지게 자신을 드러내지 않고 소노마의 소박한 풍경과 잘 조화를 이루고 있는 미션이다.

소노마 마을 풍경

포도밭이 대부분을 차지하는 시골 마을 소노마. 작고 귀여운 인형의 집같은 시청과 극장이 동네에서 가장 큰 건물일 만큼 소노마는 작은 마을이다. 평일 오전에도 한가로이 카페에서 식사와 커피를 들고 있는 마을 사람들을 보니 농업 위주의 마을이라 출퇴근의 교통 지옥도 없고 바삐 출근할 사람도 적은 마을이라서 가능한 풍경이란 생각이 들었다. 탐스러운 검은 포도가 햇빛에 영글어 가는 소노마는 만나는 사람들도 친절하고 소탈하며 정겨운 시골 정취가 물씬 풍겨나는 마음 끌리는 곳이다. 지나다니는 차도 별로 없어 공기가 깨끗하고 조용하여 새소리까지도 잘 들린다.

소노마 미션 근처 주립역사공원에는 옛날식 벽돌과 목조 건축물들이 군데군데 모여있어 마을을 산책하는 재미를 더해주고 있다. 한때 소노마에서 최고 권력자였던 발레호 장군의 집도 마을에 있는데 이층으로 된 아담한 규모의 집은 가족의 초상화와 멋진 벽화로 화려하게 장식되어 있다. 저택의 이층에 있는 침실에서 레이스 달린 커튼 사이로 내려다 보는 정원의 풍경은 오래 기억에 남을 만큼 인상적이다.

소노마 주립역사공원 안에는 캘리포니아가 미국의 연방에 편입될 당시의 기념비적인 사건을 기록한 베어플래그의 조각상이 있다. 1830년대 중반은 미국과 멕시코의 국경 분쟁으로 긴장이 고조되던 시기였다. 그리고 1840년대에는 캘리포니아에 주인없는 땅

인형의 집 같은 소노마 시청.

1. 발레호 장군의 호사
   스런 주택 내부 모습.
2. 소노마 특산물인 잭
   치즈 팩토리 전경.
3. 캘리포니아 독립전쟁
   을 기념하는 베어플
   래그 동상.
4. 캘리포니아주 기.

4)

이 많다는 루머가 돌아 많은 미국인들이 캘리포니아로 몰려들었으나 멕시코 정부는 미국인들이 캘리포니아 땅을 소유하는 것을 허락하지 않았다. 이에 화가 난 미국인들이 소노마 미션으로 모여들었고 소노마를 캘리포니아 독립공화국의 수도로 선포했다. 그리고 소노마 플라자에 새로운 캘리포니아 깃발을 만들어 올렸다. 흰색 천의 깃발에는 회색곰 한 마리, 별 하나, 그리고 검은 글씨로 캘리포니아 공화국이라고 썼다. 당시 베어플래그 공화국의 상징이었던 회색곰은 오늘날까지 캘리포니아의 상징으로 남아 있다.

1846년 7월 7일 미국 정부는 캘리포니아를 미합중국의 영토로 선언했다. 베어플래그 혁명으로 불리는 봉기와 함께 1846년부터 캘리포니아에서 미국의 지배가 공식적으로 시작되자 봉기자들은 이에 합류하기로 하고 베어플래그기를 내리고 현재의 미국 국기인 스타 앤 스트라이프스 기를 올렸다. 1847년 1월 13일, 캘리포니아는 그때부터 실질적인 미합중국의 영토가 되었다.

미션을 따라가는 캘리포니아 이야기

초판 1쇄 인쇄일   2006년 11월 10일
초판 1쇄 발행일   2006년 11월 17일

지은이 | 박진선 · 정영술 · 박형주
펴낸이 | 이정옥
펴낸곳 | 평민사
　　　　서울시 서대문구 남가좌2동 370-40
　　　　전화 · 02-375-8571(代)
　　　　팩스 · 02-375-8573

블로그 · http://www.blog.naver.com/pyung1976
이메일 주소 · pms1976@korea.com

등　록 | 제10-328호

　ISBN　89-7115-468-3　03810

　　값　10,000원

김인성의 영국문학기행

영국에 가지 않고도 내로라하는 영국의 작가들을 가까이 만나듯…
영문학을 전공한 지은이가 직접 현장을 돌아다니며
해당 작가의 생애와 문학적 성과를 진지하게 검토하고 정리하면서도
일반인들이 문학에 쉽게 접근할 수 있도록
작가들의 삶에 얽힌 일화들을 더불어 실었다.

한국간행물윤리위원회
'청소년권장도서' 선정

출판문화협회선정
'청소년을 위한 책' 선정

한국출판인회의 선정
'8월의 책'

1. 시인의 자리를 찾아서 | A5신/320쪽/9,500원 |

초오서, 브라우닝, 오웰, 콘라드, 엘리엇, 밀턴, 워즈워드, 콜리지, 사우디, 로버트 번즈, 바이런, 셸리, 키츠, 테니슨, 딜란 토머스 …… 영국 문단을 뜨겁게 달구었던 저명 작가들의 작품 현장을 찾아 소개하고 있다.

2. 소설가의 길을 따라 | A5신/324쪽/9,500원 |

월터 스코트, 제인 오스틴, 브론테 자매, 찰스 디킨스, 조지 엘리엇, 토마스 하디, 헨리 제임스, H G, 웰즈, 키플링, D. H. 로렌스, 버지니아 울프 영국 문호들의 생애와 작품 세계를 엿볼 수 있다.

3. 셰익스피어가 있는 풍경 | 근간 예정 |

셰익스피어, 시드니, 사무엘 존슨, 코난 도일, 아가사 크리스티, 이안 플레밍, 로알드 달, 밀른, 루이스 캐롤, 베아트릭스 포터, J M 베리, 버나드 쇼, T. E. 로렌스, 윈스턴 처칠, 존 뉴턴, 쿠퍼, 번얀, 틴달.